小学館文庫

付添い屋・六平太

犬神の巻　髪切り女

金子成人

小学館

目次

付添い屋・六平太

犬神の巻　髪切り女

第一話　日雇い浪人

一

浅草元鳥越町《もととりごえ》の『市兵衛店《いちべえだな》』に、夕暮れが迫っている。

七つ（四時頃）を知らせる時の鐘が鳴ったばかりだから、日が沈むまでにはまだ少し間がある頃《ころ》おいだった。

鳥越明神の裏手に立っている『市兵衛店』は、どぶ板の嵌《はま》った路地を間に三軒長屋が二棟向かい合っている。

路地の東側は九尺二間《くしやくにけん》の家が三軒並び、その向かいの三軒は二階屋である。

二階屋の一番奥の戸を開けて、秋月六平太《あきづきろつぺいた》は路地に出た。

縹《はなだ》色の袷《あわせ》を着流しにした六平太は腰に刀を差し、菅笠《すげがさ》を手にしている。

空き家になっている隣家にちらりと眼《め》を遣《や》ると、井戸の方へと足を向けた。

隣りには平尾伝八《ひらおでんぱち》という浪人とその妻が住んでいたのだが、先月、八王子《はちおうじ》の養蚕農家に職を得て、江戸を離れたばかりだった。

この日、江戸は月が替わって、天保《てんぽう》四年（一八三三）の十一月一日となっており、十一代将軍、徳川家斉《いえなり》の在位は四十六年の長きに及んでいた。

このところ、世上は混沌《こんとん》としていた。

東北では冷害や大洪水が起き、関東は大風雨に見舞われて米価が高騰して各地で騒動が起きたという。江戸では、富裕の者たちが貧困者にお救い米を施す事態ともなった。

この八月、大風雨に襲われた江戸でも多くの樹木が折れ、家屋の破損が生じ、深川《ふかがわ》の三十三間堂が半壊する災禍を被《こうむ》った。

一方では、歌川《うたがわ》広重の風景版画『東海道五十三次』が完成し、俄《にわか》に東海道を旅する者が増えたとも聞いている。

「おや、お出かけですか」

井戸端に置いた桶《おけ》で洗い物をしていたお常《つね》から声が掛かった。

六平太の向かいの棟に住む、大工の留吉《とめきち》の女房である。

「仕事でね」

そう返事をすると、

「夕方からの付添い仕事とは、珍しいんじゃありませんか」

お常は、大根の泥を落としながら不審を口にした。

「付添いとは、ちょっと違う仕事でね。じゃ」

曖昧《あいまい》な物言いをした六平太は軽く手を上げると、逃げるようにその場を後にした。

『市兵衛店』の木戸を出た六平太は、小路《こうじ》の角をひとつ曲がると、鳥越明神脇《わき》から表の通りへと出た。

表の通りは、左へ向かえば、大川《おおかわ》の西岸に多くの蔵の並ぶ浅草御蔵前《おくらまえ》へと通じている往還である。

六平太は菅笠を被《かぶ》ると、鳥越明神前の三叉路《さんさろ》をやおら南へ足を向けた。

鳥越川の小さな流れに架かる甚内橋《じんないばし》を渡ると、その先は大名家の屋敷がいくつも入り組んで立っている。

備中池田《びっちゅういけだ》家の上屋敷をはじめ、出羽佐竹《でわさたけ》家、肥前平戸《ひぜんひらど》の松浦《まつら》家の上屋敷もあり、角や三叉路を六つ曲がった末に、神田川《かんだがわ》の北岸に辿《たど》り着く。

神田川北岸の久右衛門《きゆうえもん》河岸を右へ折れて新シ橋《あたらばし》へと歩を進めた途端、寒風に揺れた菅笠を、六平太は咄嗟《とっさ》に手で押さえた。

昼過ぎから灰色の雲が張り付いて、辺りはまるで暮れたように薄暗い。

この分だと、雪になるかもしれない。

歌舞伎芝居の中村座や市村座をはじめ、人形芝居の小屋や浄瑠璃《じようるり》などを聞かせる小屋が立ち並ぶ日本橋の堺町《さかいちよう》、葺屋町《ふきやちよう》界隈《かいわい》はすっかり暮れている。

蕎麦《そば》屋の暖簾《のれん》を割って通りに出た六平太は、足を止めて左右に眼を遣った。

各座ともに、終演からすでに四半刻《しはんとき》（約三十分）近く過ぎていたが、顔見世興行の初日ということもあり、通りには芝居見物の余韻に浸った人々の声が賑《にぎ》やかに飛び交っていた。

神田川に架かる新シ橋を渡った六平太は、小伝馬町《こでんまちよう》の牢屋敷《ろうやしき》脇から人形町《にんぎようちよう》通を南へ進み、今日の仕事の目的地である芝居《しばい》町に着いていた。

蕎麦屋に入って、温かい汁蕎麦と燗酒《かんざけ》で腹ごしらえをしながら、芝居小屋の終演を待っていたのである。

蕎麦屋を出た六平太は菅笠を被り、堀江《ほりえ》町入堀の方へと足を向けた。

饅頭《まんじゆう》屋の表に積まれた蒸籠《せいろ》から噴き出した白い湯気が、瞬く間に人の波間に消えていく。

堀江町入堀の東岸にも人の行き来はあるが、芝居小屋の木戸口のような混雑はない。

六平太は、岸辺に立つ柳の木の陰に身を寄せると、『松風』と記された掛け行灯《あんどん》のともされた芝居茶屋の出入り口に眼を留めた。

出入り口の表には、やはり、『松風』という文字の白抜きされた長暖簾が下がっていて、風に揺れている。

岸辺の柳の木陰に立ってからほどなくして、『松風』の暖簾が左右に割れて、三十半ばの男が、二十そこそこの、堅気の娘らしき女を従えて表の通りに出てきた。

三十半ばの男は幾分硬い顔をしているが、女の歩調に合わせる気遣いを見せている。

その二人が眼の前を通り過ぎると、六平太はその後ろに続いた。

芝居町ほど混み合うことはないが、人通りは絶えない。

「おっと」

声を上げた六平太は、前から来た男とぶつかりそうになって、慌てて避けると、『松風』から出てきた三十男の連れの女に肩をぶつけたが、声も掛けずに歩を進めた。

「おい素浪人。待ちやがれ」

行きかけた六平太の背後で、どすの利いた声がした。

「おれのことか」

「おう、そうだよ。往来で人にぶつかっておいて、一言の詫《わ》びもねぇのはどういうことだい」

芝居茶屋から出てきた三十半ばの男が、振り向いた六平太を睨《にら》んで、仁王立ちをしている。

「お師さん、わたしはどうってことはありません。相手は浪人ですから、ここは我慢しましょう」

連れの女が男の袖を取って、必死に止めようとする。

「ぶつかったのが女だと見て、謝りもしないような男は、このわたしが勘弁ならないんだよ。悪いと思うなら、菅笠を取って顔を見せろ」

「なにっ」

六平太は、俠客《きょうかく》のような台詞《せりふ》を吐いた男に、思わず声を洩《も》らした。

「喧嘩《けんか》だ喧嘩だ」

野次馬の声が轟《とどろ》くと、あっという間に、対峙《たいじ》している六平太と三十男と連れの女の周りに人垣が出来た。

「勘弁ならねぇなら、どうするつもりだよぉ」

悪態をついた六平太は、ずかずかと三十男に迫って、襟を摑《つか》もうと片手を伸ばす。

「こうしてやるんだよ」

三十男はいきなり六平太の腕を摑んで捻《ひね》ると、腹に足蹴《あしげ》りを食らわせる。

「てめぇ」

足蹴りに痛みはなかった六平太が、体を捻って面と向かった瞬間、ゴツッと音を立てて、三十男の拳骨《げんこつ》が頰《ほお》で炸裂《さくれつ》した。

「痛っ」

左の頰を押さえた六平太が顔を向けると、女と手を取り合って駆けていく三十男の背中が、人通りの彼方《かなた》に消えていくのが見えた。

すると、野次馬たちもあっという間に去って行く。

頰に手をやって、念のために口を動かしてみると、頰骨の辺りに痛みが走った。

「あの野郎」

呟《つぶや》いた六平太の頭上から、音もなく、白いものが落ちてきた。


「今日はおとなしくしてた方がいいんじゃねぇのか」

「日が昇りさえすりゃいいんだがね」

「こういう時ぐらい休めばいいじゃないか」

中年の男と女たちの声がはっきりと耳に届いて、六平太は目覚めた。

部屋の中は暗いが、雨戸の隙間《すきま》から見える外の明かりは、かなり明るい。

布団から抜け出すと、上掛けにしていた褞袍《どてら》を寝巻の上に羽織って障子を開け、閉めていた二枚の雨戸を開けて戸袋に納めた。

外に張り出した物干し台には一寸（約三センチ）ほどの雪が積もり、二階の窓から望める家々や寿松院《じゅしょういん》本堂、その先の浅草御蔵の屋根までも白く覆われていた。

「積もってしまったねぇ」

窓から首を伸ばした六平太が声を掛けると、

「いま、お目覚めだね」

路地にいたお常が、顔を振り上げて笑みを浮かべた。

傍にいた亭主の留吉と大道芸人の熊八《くまはち》からは、相次いで「おはよう」の声が掛かった。

「顔でも洗うかぁ」

謡《うた》うように声を発すると障子を閉め、六平太は縕袍を羽織ったまま急ぎ階下に降りる。

階段下の衣紋掛《えもんか》けに干していた手拭《てぬぐ》いを摑むと、土間の下駄を引っかけて、薄く雪の積もった路地へと出た。

「さっき、仕事に出るか出まいかと言い合ってる声で目が覚めたよ」

六平太は雪を踏みつけながら、井戸端近くに立っている大工の留吉とお常夫婦、それに熊八へと近づく。

「この雪じゃ、おれは仕事にならねぇからさぁ」

留吉が口を尖《とが》らせると、

「なのに熊八さんは出かけるなんていうもんだから、引き留めてたんですよぉ」

眉をひそめたお常が、熊八を顎《あご》で指し示した。すると、

「こういう日は外に出るのを控えるもんだから、寒念仏で門付《かどづ》けをするには都合がいいと思うんですがなぁ」

熊八は留吉夫婦の言に、やんわりと異を唱えた。

「熊さん、やめろやめろ。炬燵《こたつ》に足突っ込んで、門付けが来たくらいじゃ、誰も戸口の戸なんか開けやしねぇよぉ」

「しかし留吉さん、表通りの商家は店を開けますよ」

「だがね熊さん、こんな日に出歩けば、雪の中やら溶けてぬかるんだ道を歩くことになるよ。しもやけになったりしたら、後で往生するだけだよ」

留吉の言葉を聞いた熊八が、軽く唸《うな》って曇った空を見上げた。

「こりゃ皆さん、おはようございます」

六平太の向かいの住人である噺家《はなしか》の三治《さんじ》が、路地に出て来ると、花柄の褞袍を頭から被って井戸端へとやってきた。

「早い目覚めだが、寄席でもあるのか」

六平太が口を開くと、

「寄席はないんですがね、夕方から、横山町《よこやま》あたりの木綿《もめん》問屋の旦那《だんな》衆のお座敷に呼ばれておりまして。へへへ」

「なにが、へへへだよ。気味が悪い」

お常があからさまに嫌な顔をした。

「あたしの場合、寄席で稼ぐより、旦那衆のお座敷に呼ばれて幇間《ほうかん》の真似事《まねごと》をするほうが、数段、実入りが多いもんですから、つい目尻が下がるんですよ。どうか、料簡《りょうけん》しておくんなさいよ、ね、お常さん」

「まぁまぁ、せいぜいお稼ぎ」

お常は、明るい声で応じた。

住人同士、嫌味を口にしたり毒気のある物言いをしたりすることもあるが、それを根に持つ者はいない。同じ長屋で長年暮らしていると、口にしたそばから、お互い笑いごとにしてしまう術《すべ》を心得ている。

「やっぱり、秋月さんもおいででしたね」

狭く開けた戸から顔だけ出して声を掛けたのは、留吉の向かいに住んでいる大家の孫七《まごしち》である。

「なにか」

六平太が返答すると、

「昨日の夕方、秋月さんが仕事に出られた後に旦那様がここに見えたんですが、なにか用があるような様子だったもんですから」

「用というと」

「さぁ。秋月さんの家をそっと覗《のぞ》いてらしただけで、なんとも」

孫七は小さく首を傾《かし》げた。

孫七が口にした旦那様というのは、『市兵衛店』の家主である市兵衛のことである。

日本橋の茶舗で番頭を務めていた孫七は、市兵衛が倅《せがれ》に茶舗を譲って隠居すると同時に自らも退いて、『市兵衛店』の大家に転身していたのだった。

孫七はその当時の主従関係を引きずっていて、市兵衛を未《いま》だに旦那様と呼んでいる。

「市兵衛さんのところに行った方がいいかね」

六平太が、恐る恐る孫七に問うと、

「そりゃ秋月さん、行った方がいいですよ」

孫七より先に、お常がきっぱりと言い切った。

浪人になって以来、何かと世話になっている市兵衛は、六平太には頭の上がらぬ相手である。

市兵衛の用が何か、心当たりのない六平太は俄に気を滅入《めい》らせる。

「秋月さん、左の頰が青く腫《は》れてますが、歯でも痛みますか」

「ん。ちょっとな」

昨夜、拳骨で叩かれた左頰を手で押さえて、六平太は誤魔化した。

二

市兵衛が女房のおこうと住まう浅草福井町《ふくい》は、浅草元鳥越町からは大した道のりではない。浅草から両国へと延びる大きな通りが浅草御蔵前を過ぎると、浅草瓦町《かわらまち》の大きな丁字路がある。その丁字路を右へ曲がった先の浅草福井町一丁目に、市兵衛の庭付きの平屋の一軒家はあった。

六平太は、遅い朝餉《あさげ》を摂《と》ったあと着替えを済ませてから『市兵衛店』を後にして、ほんの寸刻で市兵衛の家の前に着いた。

塀から通りに枝を伸ばした柿《かき》の木に実はなく、枯れて色褪《いろあ》せた葉が二枚、風に揺れている。

「秋月ですが」

格子戸《こうしど》を開けて、建物の出入り口に立った六平太が声を掛けるとすぐ、おこうの案内で、庭に面した六畳の部屋に通された。

「ごゆっくり」

笑みを浮かべたおこうは、六平太を置いて部屋を出て行った。

「ほう。訪ねておいでとは珍しい」

鉄瓶の掛かった火鉢の横で詰将棋をしていた市兵衛が、火鉢の傍《そば》に座るよう、片手で指し示した。

「いえね、孫七さんから、昨日、おれを訪ねて見えたと聞いたもんですから」

六平太は、火鉢の近くに膝《ひざ》を揃《そろ》えながら訪ねたわけを口にした。

「あぁ。あれは、これという用があったわけじゃないんですよ。たまには歩かないといけないとうちのがうるさいもんだから、久しぶりに鳥越明神から三味線《しゃみせん》堀を回ってみようかと思い立ちましてね」

笑顔で返答した市兵衛を見て、小言でも食らうのかと気を回していた六平太の不安は消えた。

「それで、八王子に行った平尾さんの様子でも知りたいと思って、長屋に立ち寄ってみたんですよ」

「平尾さんなら、元気にしているようですよ。十日ばかり前に文《ふみ》が届きまして、傷は大分癒《い》えたし、ご妻女ともども、少しずつ仕事も覚えてるとも認《したた》めてありました」

平尾というのは、六平太の付添い稼業を斡旋《あっせん》してくれる、神田岩本《いわもと》町の口入れ屋『もみじ庵《あん》』で知り合った浪人の平尾伝八のことである。

刀を差してはいるが剣術の心得はほとんどなく、その挙句、六平太に間違えられて何人かの侍に襲われ、刀傷を負ったのだ。

寝込んだ平尾は、剣術に劣る己には付添い稼業は無理だと思い至ると、遂《つい》に、生き馬の眼を抜くような江戸から離れることを決意した。

出てきた生国《しょうごく》に戻ることも考えていたのだが、平尾夫婦に、八王子行きを勧めたのが六平太だった。

十年以上も前から交流のある養蚕農家での仕事を勧めると、平尾夫婦は承知し、八王子の知人も受け入れるといってくれたのだった。

「秋月さん、久しぶりに如何《いかが》です」

市兵衛が将棋盤を軽く叩《たた》いた。

六平太は、用事があると言って断わろうかと迷った末、

「そうですねぇ」

と、応じた。

「では、一局」

市兵衛は盤上に駒を置くと、嬉々《きき》として自陣に駒を並べ始める。

六平太が駒を並べ始めるとすぐ、

「近頃、付添い稼業の方はどんな塩梅《あんばい》ですか」

市兵衛から何気ない問いかけがあった。

「とくに代り映えはしませんが、昨夜の仕事は付添いというより、女連れの男に喧嘩

を吹っ掛けた末に追い払われるという筋立ての、茶番狂言でした」

「口入れ屋は、そんな仕事まで押し付けるんですか」

駒を並べる手を止めた市兵衛が、眉《まゆ》をひそめた。

「いや、昨夜の仕事は口入れ屋を通したもんじゃなく、昔馴染《むかしなじ》みの三味線の師匠に頼まれて引き受けたものでして」

六平太が頼まれた師匠というのは東音崎杵太郎《とねさききねたろう》という清元《きよもと》の三味線弾きで、『市兵衛店』の住人、噺家の三治に引き合わされて以来、二年ほどの交流を続けていた。

杵太郎は弟子の中に気に入った娘がいるのだが、どうしていいか困っていると六平太は打ち明けられた。これまでさんざん花街にも繰り出して遊んでいた杵太郎だから、女に臆《おく》するはずはなかった。

「だけどね、あの子ばかりは、どう口説いたものかと迷いが出ちまって、思い切れないんです。なにかきっかけが欲しいんですよ」

三十半ばになった杵太郎が、六平太の前で項垂《うなだ》れたのが六日前だった。

そこで思いついたのが、芝居見物帰りの杵太郎と娘に、悪漢に扮《ふん》した六平太が言いがかりをつけるものの、反撃にあって退散するという筋書きである。

「そしたら、こっちが拳骨を食らいまして、相手に逃げられるという筋書きになかった運びになった次第で」

苦笑いを浮かべた六平太は、少し腫れた左の頰を市兵衛の方に向けた。

するると、駒を並べていた手を止めた市兵衛が、両手を膝に置いて改まった。

「秋月さん、もうすぐ四十に手の届く年になってることは、ご承知でしょうね」

静かだが重々しい口調に、六平太は思わず背筋を伸ばした。

「不惑という年を前にして、そんなような浮草稼業に身を任せていて、いいもんでしょうかねぇ」

しみじみとした市兵衛の物言いに何か言おうとしたものの、言葉は見つからず、六平太は首を捻りながら顔を伏せた。

「そのうえ、未だに独り身じゃありませんか。この先、動けなくなった時は、どうするおつもりですか。老いたらまた、佐和《さわ》さんに頼ろうというつもりじゃありますまいね」

「そんなつもりはありませんよ」

妹の名を出した市兵衛に、六平太は慌てて片手を横に振った。

妹に頼らずとも、音羽《おとわ》には長年馴染んでいる女がいるからと言おうとしたが、それは思い留《とど》まった。

市兵衛さんは、昔のおれを知っているからな――六平太は、胸の内で呟いた。

昔というのは、十五年ほど前のことである。

信濃《しなの》国十河《そごう》藩の江戸屋敷勤めをしていた六平太は、謂《いわ》れのない謀反《むほん》の罪を着せられて主家から追放され、浪人の身となった。

死んだ父の後添えとなっていた多喜《たき》とその連れ子の佐和を連れて辿り着いたのが、元鳥越町にある市兵衛の長屋だった。

だが、理不尽な放逐に得心の行かない六平太は、その後、暮らしも気持ちも荒れた。義母と佐和の住む長屋に寄り付きもせず、繁華な町に繰り出しては酒と喧嘩に明け暮れ、放蕩《ほうとう》の沼にはまったのだ。

六平太を頼れない義母は針仕事で暮らしを立て、幼い佐和が健気《けなげ》に母を助けるという困窮ぶりだった。

そんな様子を知って、市兵衛は義母と佐和に憐《あわ》れみを向け、店賃《たなちん》の払いに猶予を与えたり物心両面から手を差し伸べたりしたのだ。

義母妹へ慈悲を向けていた市兵衛は、六平太には数倍もの怒りを向けることとなった。

その後改心して付添い屋稼業に勤《いそ》しむようになって、六平太へ向ける怒りの矛先は鈍ったものの、何か事があれば、荒れていた当時の所業を持ち出すのだ。

目の端で市兵衛を窺《うかが》った六平太は、幾分、頭髪が薄くなり、目尻に皺《しわ》の増えた面差《おもざ》しに、市兵衛の老いを見た。

とっくに六十を超えているから老いるのに不思議はないのだが、白髪や皺を増やしてしまった責のいくらかは、六平太が負っているような気にさせられる。

「市兵衛さん、ありがとうございます」

六平太は、神妙な声を出すと、市兵衛に向かって両手を突いた。

「なんの真似ですか」

「この年になると、こんなおれを叱責《しつせき》してくれる人がいなくなりましてね。それでついつい、先行きのことを見失うということもあるんです。そんな時の市兵衛さんの小言は、いつもながら、ありがたいと思ってます」

六平太は、大層な物言いをしたが、浪人してから今日に至る十五年分の、市兵衛の温情への礼とともに詫びも籠《こ》めていた。


神田岩本町にある口入れ屋『もみじ庵』の中は、冬の早朝にも拘《かか》わらず暖気が満ちていた。

出入り口は閉め切られ、土間に置かれた七輪に載せられた鍋《なべ》からも、土間を上がった板張りの火鉢に掛けられた鉄瓶からも湯気が立ち昇っている。

帳場《ちようば》のある板張りには、武家の若党の装《な》りをした六平太や乗り物を担ぐ陸尺《ろくしやく》の装りをした千造《せんぞう》や佐平《さへい》が胡坐《あぐら》を組んで、漬物を片手に結び飯を頬張っていた。

その他にも、陸尺に扮した藤松《ふじまつ》や末吉《すえきち》という顔なじみが、挟箱《はさみばこ》持ちらしい装りをした新顔の男二人と上がり框《がまち》に腰掛けて、結び飯に食らいついている。

「秋月さん、帰りはなん刻《どき》ぐらいになりましょうねぇ」

陸尺の装りをした千造が、大根の漬物を嚙《か》み砕きながら声を掛けてきた。

「さぁな。城中に挨拶に行くだけらしいから、昼前には屋敷に戻ると思うんだがな」

返答した六平太は、嚙んだ飯を湯呑《ゆのみ》の茶で喉《のど》に流し込んだ。

市兵衛の家を訪ねてから三日が経《た》った早朝である。

「外は寒いから、熱いものを呑《の》んで温まってお行きよ」

主《あるじ》の忠七《ちゆうしち》が板張りに出てくると、飯を食べている六平太たちの真ん中に、自分が提げてきた土瓶を置いて男たちに声を掛けた。

「着替えて脱いだものは、銘々笊《ざる》に入れて板張りの隅に積んでおくれよ」

「へい」

千造が、一同に成り代わって返答した。

「念を押しておくが、行先は信濃国一万二千石、笹郷《ささごう》藩佐々木《ささき》家の上屋敷だ」

「分かってますよぉ」

いつも剽軽《ひようきん》な末吉が忠七に応じた。

すると、表の方から、鐘の音が届いた。

「七つ（四時頃）だな」

六平太が呟くと、

「そろそろ出かけてもらおうか」

忠七の声に、「へい」と答えた千造たちは立ち上がった。板張りで胡坐を組んでいた六平太たちは土間の履物に足を通して、夜明け前の暗い表通りへと出ていく。

藩主の乗り物を担ぐ陸尺は草履《ぞうり》履《ば》きで、五か所に紋の付いた着丈の長い着物の裾《すそ》を少し端折《はしょ》って帯紐《おびひも》で締めている。挟箱持ちは尻っ端折りにした着物の裾から出た脚に、浅葱《あさぎ》色の股引《ももひき》を穿《は》いていた。

屋敷に奉公する若党に扮した六平太は、袴《はかま》を穿いた腰に刀を差して羽織を着用し、頭には平らな皿のような一文字笠を被っている。

『もみじ庵』の一党七人は、下谷御成《したやおなり》街道の神田明神下にある笹郷藩の上屋敷へと向かって歩き出した。

藩主、佐々木右京大夫《うきようのだいぶ》直昭《なおあき》の登城の列に加わることになっているのだ。

参勤で江戸へやって来る大名諸侯は、家格によって行列の人数や規模が決められていたから、それを破ることは出来ない。

だが、国元から引き連れて来る家臣や足軽などを江戸に駐在させるとなると、莫大《ばくだい》な費用が掛かる。従って、随行してきた大半の家臣たちは、江戸に着くとすぐ国へと帰される。

江戸参勤の藩主が江戸で出かけたり登城したりするときも、決められた供揃《ともぞろ》えをしなければならないが、大半を帰国させているので、人数を揃えられないことが出来する。

陸尺はじめ、行列の供揃えが足りないときは、江戸の口入れ屋から人数を調達することが常態化していた。

六平太ら『もみじ庵』の一党は、神田川に架かる和泉橋《いずみばし》を佐久間《さくま》河岸へと渡ったが、日の出まではかなりの間があり、一帯はまだ暗い。

江戸在府《ざいふ》の大名が登城する総登城の日ではなかったが、千代田城の朝の開門時は、様々な用を抱えた大名と門前で鉢合わせすることがよくある。

そこで、後れを取ってはならじといち早く駆けつけて開門を待つため、早朝の出立となる。

後れを取ることは恥という武士の体裁は、朝の暗いうちから目を覚ましているのだ。

神田明神の東、下谷御成街道近くにある笹郷藩江戸上屋敷の庭にはいくつもの篝火《かがりび》が立てられている。

六平太ら『もみじ庵』の七人は少し前に門内に入ったが、陸尺は式台《しきだい》前に据えられた乗り物の傍に控えさせられ、挟箱持ちは槍持《やりも》ちの後ろに並ばされた。

腰に刀を差した徒士《かち》侍らの後方に並ばされた六平太は、藩主の出を待つ四十人ほどの供揃えを見やった。

『もみじ庵』の斡旋で、これまで何度か大名や旗本の行列に加わったことはあるが、供揃えの列に並ぶと、かつて藩主の乗り物を警固する供番を務めていたころのことを、ついほろ苦く思い出す。

六平太が見たところ、笹郷藩の供揃えの三分の一は『もみじ庵』や他の口入れ屋から調達された日雇いだと見受けられた。

篝火の明かりに照らされた庭に凛《りん》とした声が響き渡ると、すべての供揃えは地面に膝を立て、首を折って神妙に控える。

「お成りである」

六平太も一文字笠の頭を下げたが、笠の前部を指で摘《つ》まみ、ほんの少し押し上げて式台の方に眼を向けた。

家老などの重職と思《おぼ》しき中年の侍三人と太刀持ちの若武者を従えて式台に立ったのは、三十半ばくらいに見える、藩主の佐々木右京大夫直昭に違いない。

庭の供揃えを一瞥《いちべつ》した右京大夫は、用意された草履を履くと、脇差《わきざし》のみで乗り物に近寄り、乗り込んだ。

太刀持ちから大刀を預かった近習の者がその場を離れると、供番の侍が乗り物の扉を恭《うやうや》しく閉めた。

「お立ちぃ」

供の者から声が発せられると、供揃えの者たちは立ち上がり、式台に手を突いた重職の者たちに見送られて門の外へと進んだ。

藩主、右京大夫の行列は、下谷御成街道の辻で南へと曲がり、一路、千代田城へと列を進める。

神田橋御門から大手前を通り、大手御門へと向かう道筋だと思われる。

下谷御成街道の辻を南に曲がってほんの少し進むと、武家地と町家の境目になっているのが、常夜灯の明かりでうっすらと窺えた。

乗り物の後方を行く六平太が、軽く眼を上げると、東の空が心なし白んでいるように思えた。

その時、道の両側の建物の隙間から黒い影が幾つか飛び出し、乗り物に突進する様を目の端で捉《とら》えた。

「何者かっ！」

列の前方で大声が上がると、すぐに、

「狼藉《ろうぜき》じゃ！　乗り物を守れっ！」

という、怒声とも悲鳴ともつかない声が轟いて行列は大きく乱れ、足音や刀のぶつかる音が入り混じって、御成街道は俄に騒然となった。

ほんのわずかな間の出来事だったが、すぐに異変を察知した六平太は、刀を抜いて乗り物の方へと駆け出した。

「家老がおらんぞっ」

「ならば殿を討ち取れ！」

行く手から、そんな声が届く。

六平太が乗り物近くに駆け寄ると、黒い布で顔を隠した七人ほどの侍が乗り物を守る数人の供侍に襲い掛かりながら、背後から迫る徒士侍からの攻めをも必死に防いでいた。

覆面の侍たちの刃を撥《は》ねのけたり、躱《かわ》したりしながら近づいた六平太は、乗り物の側面が打ち破られているのに気付くと、

「方々、乗り物を屋敷へお戻しなされっ！」

大音声《だいおんじょう》を発した。

だが、藩の者は防戦と怯《おび》えですぐに動けない。

そこへ駆け寄ったのは、陸尺を務めていた千造と佐平、それに藤松、末吉で、

「秋月さん、行くぜっ」

千造の号令で、他の三人が乗り物の棒を肩にした時、

「とぉ！」

気合と共に、乗り物の中の右京大夫を目掛けて覆面の侍が突進してきた。

六平太は咄嗟に、覆面の侍の刀を峰で撥ね上げ、返す刀で侍の肩口から斬《き》り下げた。

血を吹いてどっと倒れた覆面の侍を見た乗り物の中の右京大夫は、歯の根が合わぬおののきようで、がたがたと体を震わせている。

「千造、頼む」

「へい」

千造は六平太に返答するとすぐ、佐平たちと乗り物を担ぐと、エイホエイホと声を上げて、駆けて行った。

尚《なお》も乗り物を追おうとした覆面の侍たちは、六平太に立ちはだかられると、仕方なく踏み留まった。

同志の何人かが傷を負い、一人が血を流して地面に横たわっていることに、戦意を喪失させたものと思われる。

「ともかく、屋敷へ」

徒士侍の号令が飛んで、六平太をはじめ、供揃えの者たちは急ぎ屋敷の門内に駆け戻った。

殿《しんがり》となって屋敷に入った六平太が閉まりかかった門の隙間から外を見ると、覆面の侍たちが、地面に横たわった同志を戸板に載せている姿があった。

「秋月さん」

背後から、小さく呼びかける末吉の声がした。

振り向くと、陸尺を務めた千造ら四人が、乗り物の中の敷物を地面に引っ張り出している。

「殿様は」

六平太が問いかけると、

「近習の侍に両脇を抱えられて中に入って行きましたがね」

藤松が囁《ささや》くと、さらに、

「乗り物の中の敷物が濡《ぬ》れて、小便臭いんですよ」

とも続けた。

「驚き召された殿様は、どうも、乗り物の中でお洩らし遊ばされたようだね」

相棒の千造は六平太にそういうと、口に手を当てて懸命に笑いをこらえた。

三

口入れ屋『もみじ庵』の出入り口の障子が、朝日を受けて輝いている。

刻限は六つ半（七時頃）を僅《わず》かに過ぎた頃おいである。

四半刻前に、笹郷藩の上屋敷から引き上げてきた六平太ら七人の日雇い人は、着替えを済ませて、帳場の板張りに座り込んでいた。

乗り物が何者かに襲われるという奇禍に遭った笹郷藩では、藩主の登城を控えることになり、口入れ屋から調達された者どもは、「口外無用」と念を押されて屋敷から出されたのである。

一同は、出かける前にも出ていた結び飯の残りを頬張りながら、忠七が配る一朱（約六千二百五十円）を受け取っている。

「笹郷藩から、途中で終わったから賃銀は返せなんて、言って来やしねぇかね、忠七さん」

藤松から不安の声が上がると、

「そんなことを言ってきたら、今後一切、笹郷藩に人の斡旋はしないだけさ」

豪気なことを口にした忠七は、ふんと鼻で笑った。

「人を雇えなきゃ江戸じゃ立ち行かないことぐらい、お武家なら心得てなきゃいけませんよ」

胸を張って一同を見回した忠七は、賃銀が行きわたったことを確かめると、

「みんなの話だと、秋月さんは刀を抜いたそうですが、曲者《くせもの》を斬ったんで？」

好奇心を露《あら》わにして、六平太の傍に腰を下ろした。

「いやぁ、秋月さんの太刀捌《さば》きを初めて見たが、やっぱり道場の師範というだけあって見事だったよ」

末吉の感想に、他の連中も大きく頷《うなず》き、

「一人を袈裟懸《けさが》けにして、ほかの二人は、手傷を負ったようだね」

千造もそう口にした。

「だがね、帰り際にお屋敷の侍から、くれぐれも口外無用と念を押されたから、忠七さん、今朝のことは外に洩らしちゃいけないよ」

「分かってるよ」

末吉に返答した忠七は両手で膝を叩いて立ち上がり、帳場の机の前に座り込んだ。

「それじゃ、あっしらはこれで」

そう口にした千造が土間の履物に足を通すと、他の連中も次々と立って土間に下りる。

「さて、おれも」

「秋月さんにちょっとお話が」

忠七の声に、六平太は上げかけた腰を下ろした。

するど、土間に下りていた他の六人は銘々に辞去の声を上げて、日の射《さ》す通りへと出て行った。

「しかし、いつもなら峰打ちにするはずの秋月さんが、お斬りになるとは案外でしたな」

忠七の言葉に非難じみた響きはなかったが、少々耳が痛い。

「いやぁ、昔、殿様を守る供番だった時分の癖が出たのか、思わず気が高ぶったのかもしれん」

六平太は、歯切れの悪い物言いをし、

「そのことでなにか」

忠七に問いかけた。

「いや、お話というのは、そのことじゃないんです」

笑みを浮かべて片手を打ち振った忠七から、

「実は昨日、日本橋に買い物に来た帰りだと言って、『飛騨屋《ひだや》』の登世《とせ》さんが見えたんですよ」

思いがけない話が出た。

登世とは、木場《きば》の材木商『飛騨屋』の一人娘の名である。

『もみじ庵』の世話で付添い稼業を始めてから十年ほどになるが、登世や母親のおかねの付添いをするようになってから、すでに五、六年は経つ。

その間、『飛騨屋』の主《あるじ》、山左衛門《さんざえもん》との交誼《こうぎ》も加わり、付添いの依頼以外でも、木場の家に招かれるほどの厚遇を受けていた。

「その時、お登世さんはこれという話はなさらなかったんですがね。秋月さんは忙しいのかなどと尋ねられましたから、なにかご用がおありだったんじゃないかと思いまして。そのことをお知らせしようとお引止めした次第です」

「付添いじゃないのか」

「付添いなら付添いと仰《おつしや》いますから、他のご用なんですよきっと。秋月さんには、ついでの時にでも木場に来てもらいたいと口にしておいででしたから、ひとつよろしく」

忠七からそんなことを聞いた六平太は、

「わかったよ」

帳場に向かって返事をすると、板張りから腰を上げた。

深川洲崎《すさき》弁財天は、深川の海に面した洲崎の東端にある。

深川木場町から平野川に架かる江島橋を渡った先が、弁財天の門前となる。

弁天の境内に立った六平太に海風が吹き付けることもなく、一刻（約二時間）ほど前に昇った朝日を浴びて、それほど寒くはない。

先刻、『飛騨屋』の登世が『もみじ庵』に立ち寄った件を忠七から聞いた六平太は、木場に足を延ばすことにして、永代橋《えいたいばし》を渡ったのである。

『飛騨屋』の横手にある塀の潜《くぐ》り戸から入って声を掛けると、

「おや、今日は付添いのご用がありましたかね」

中から戸を開けた古手の女中のおきちが、意外そうな声を出した。

「いや、ちょっと、『もみじ庵』に登世さんからの言伝《ことづて》があったもんだから」

六平太が事情を伝えようとしていると、奥から足音を立てて現れた登世から、

「秋月様、うちじゃなんですから、洲崎の弁天様で待っていてください。後からすぐに行きますから」

そんな指示があったので、一足早く洲崎弁財天に来ていた。

海辺から離れて、弁財天の祠《ほこら》の階《きざはし》に腰を掛けた六平太の耳に、穏やかな潮騒《しおさい》が届く。

すぐに、下駄の音がカツカツと近づいて来た。

「お待たせしました」

鶯《うぐいす》色に白抜きの雪華《せっか》文柄の着物の登世が、鼠《ねずみ》色の襟巻を片手で押さえて、六平太の前に立った。

「なにも、待つほどのことはなかったよ」

六平太はそういうと、空けておいた己の横を手で軽く叩《たた》く。

軽く頭を下げた登世は、六平太と並んで腰掛けるとすぐ、

「秋月様、お紋《もん》ちゃんのことはご存じ？」

いきなり口を開いた。

お紋というのは、富《とみ》ケ岡八幡宮《おかはちまんぐう》門前の料理屋『村木屋《むらきや》』の娘で、登世が先頭に立って作った『いかず連《れん》』の一員である。

登世がこの夏、深川の幼馴染みの女たちと語らい、〈嫁入りなどものともせず、堂々と独り身を通そう〉という旗印を掲げて出来たのが『いかず連』だった。

しかし、一人二人と縁付く者が出て、人の入れ替わりはあったものの、初期の人数から一人増えた五人で連は続いている。

「お紋さんのことというと」

「どうもね、秋月様と親しい噺家の三治さんといい仲のようだわ。二人がこっそり、永代寺で逢引きしてたのを、お仲《なか》ちゃんが見たって言ってたもの」

登世は、『いかず連』の一人、傘屋の娘の名を出した。

お紋との間柄のことは当の三治から聞かされて、六平太はとっくに知っている。

「ううん、なにもそれがどうこう言いたいのじゃないんです。そんなことはいいの。『いかず連』はなにも、色恋を禁じてる集まりじゃないんだもの。周りの言いなりになって嫁に行くのはいやだ。それが通らなきゃ、いっそ嫁には行くまいという意気地を通す女の集まりですからね」

一気にまくし立てた登世は、そこで息を継ぐと、

「でも、色恋っていうものは、『いかず連』の取り決めを脆《もろ》くしていくのだわ。お紋ちゃんだって、いつ何時、人の女房になるかもしれないし」

細く長いため息をついた。

「それで、おれに話というのは――」

「以前、といっても、三、四年も前のことですけど。秋月様に、うちのおっ母さんから、『飛騨屋』の婿養子にって話、あったでしょ。わたしの婿にって」

「あ。うん。しかし、はい」

突然のことに慌てた六平太は、問いかけに頷いた。

「秋月様は、刀をお置きになる気持ちがおありでしょうか」

四年前の師走、登世の母親のおかねから、そんな言葉を掛けられたことは覚えている。

「もし、そのような気持ちがおおありなら、お登世の婿として『飛驒屋』にお入り頂けないかと」

その時、おかねはそうも口にしていた。

「でも、お断わりになったことは、おっ母さんがお父っつぁんに話しているのを耳にして知ってます」

登世の声に翳《かげ》りはなく、むしろ淡々としていた。

「おれには、商いなんか土台無理でしたから」

六平太は、努めて陽気な声を出すと、

「お店《たな》も『飛驒屋』くらいの大店《おおだな》になると、武家とおんなじで、決まりごとの中で息を詰めて生きなきゃなりませんからね。それでまぁ、浪人になって、気ままに暮らすことを選んだわけですから、いくら親しい『飛驒屋』さんとは言え、生き方を変えるわけにはいかなかったんですよ」

おどけたように、自分の頭をポンと叩くと、

「そんなことを、おっ母さんも話してたような気もしますけど——じゃ、聞きます」

「はい」

六平太は思わず畏《かしこ》まった。

「秋月様が口になすったような、決まりごとに縛られないような家だったら、わたし

の婿になってもいいということでしょうか」

登世の問いかけに、六平太は返事に窮した。

四年前、おかねに婿入りを勧められた時、「長年馴染んだ女がいる」ということも言った記憶がある。

そのことを、おかねは山左衛門にも洩らしてはいなかったようだ。

海辺に打ち寄せる波の音を二度ばかり聞いたところで、

「ふふふ」

六平太は、小さく笑い声を立てて、

「登世さん、このおれをからかってるね」

冗談めかした口を利いた。

登世からの返答はなく、六平太はやがて、

「え？」

と、眼を向けた。

すると登世は、

「ばれましたかっ」

言うと同時に立ち上がり、空に向かって「あははは」と大きな笑い声を発した。

「わたしはこのまま、島田町《しまだ》のお千賀《ちか》ちゃんのとこに行きますから、秋月様はうちに寄って、おっ母さんに顔を見せてやってくださいな」

歯切れのいい物言いをした登世は、「それでは」と言い置いて、弁財天を後にして行った。

六平太の口から、ふうと小さくため息が洩れた。

六平太の乗った荷足船《にたりぶね》が、浅草下平右衛門《しもへいえもん》町の代地《だいち》河岸に舳先《へさき》をつけた。

日はかなり高くなっていて、ほどなく四つ（十時頃）という頃おいである。

深川の洲崎弁財天で登世を見送った六平太は、『飛騨屋』には行かず仙台《せんだい》堀へと足を向けた。

両国方面に行く荷船を探したところ、本所《ほんじょ》中之郷へ戻るという荷足船があり、二十文（約五百円）の前払いで乗せてもらえたのだ。

「助かったよ」

船から河岸に飛び移った六平太は、船頭に声を掛けると、浅草橋の方へと足を向けた。

浅草橋から『市兵衛店』のある浅草元鳥越町までは、ほんの少しで行きつける。

浅草橋の袂《たもと》で、浅草御蔵の方へ向けた足を止めると、ほんの僅か思案したのち、その足を神田川に沿って西へと向けた。

向柳原《むこうやなぎわら》の先で右に折れた六平太は、藤堂和泉守《とうどういずみのかみ》家上屋敷の手前で右に折れ、神田佐久間町二丁目で足を止めた。

通りに面した格子戸を開けて、『三味線指南　東音崎杵太郎』と記された木の看板のある小ぶりな平屋の戸口に立った六平太が、

「杵太郎さん、いるかい」

戸を開けて声を掛けた。

「いよっ、待ってました」

奥から笑みを湛《たた》えて現れた東音崎杵太郎は、

「まぁ、お掛けんなって」

六平太に勧めると、上り口に膝を揃え、

「先夜は大事な役を引き受けて下さり、篤《あつ》く御礼申し上げます」

両手を突いた。

「で、その後の首尾はどうだったんだい」

「お奈美《なみ》ちゃんにぶつかった秋月さんに拳骨をくらわせたわたしを見て、悪漢に怒って下すったお師匠様の心意気がうれしかったと言ってくれましてねっ」

顔を上げた杵太郎は、感に堪えないという面持ちで大きく頷いた。

「それで」

六平太が顔を近づけて、小声で尋ねると、

「思いを遂げることができました、へへへ」

脂下《やにさ》がった杵太郎まで、小声で答えた。

「この野郎、おれを殴るなんてことは打ち合わせにはなかったろう」

「すみません、つい芝居に熱が入りまして。おかげ様で、今後は稽古《けいこ》の日だけじゃなく、家には内緒でここに寄りますなんてことも言ってくれましてね。あ、そうそう」

杵太郎は、思い出したように袂に手を差し入れると、小さな紙包みを出して、恭しく六平太に差し出した。

「お礼の一分（約二万五千円）です」

「殴られて頬を腫らしたというのに、これだけか」

紙包みを手にした六平太がぼやくと、

「いえ、秋月さん。わたしの周りに、秋月さんの力を借りたいという者がいたら、口を利くつもりでおりますから」

「殴られ役は、これぎりだよ。なにしろ、頭の上がらないお人に、まともな稼ぎ方をしろと言われてしまったからな」

「なぁに秋月さん、どんな稼ぎ方をしたって、その稼ぎのうちから少しでも誰かに施せば、功徳《くどく》というものですよ」

「どこかの偉い坊さんのお説かね」

「噺家の三治の話じゃ、石川五右衛門だか、熊坂長範だかが口にしたそうですがね」

「大泥棒の台詞かよぉ」

ため息をついた六平太は、一分の紙包みを袂に落として腰を上げた。


浅草花川戸《はなかわど》町の菓子屋を出たところで、浅草寺《せんそうじ》から鐘の音が響き渡った。

日の高さから、九つ（正午頃）の時の鐘に違いない。

神田佐久間町の杵太郎の家を後にした六平太は、『市兵衛店』に戻るのをやめて、大川の西岸を浅草へ行くことにしたのである。

「稼ぎのうちから少しでも誰かに施せば、功徳というものですよ」

杵太郎が口にしたことが妙に気になった六平太は、姪《めい》と甥《おい》に施しをすることにして、花川戸の菓子屋で蒸《ふ》かし饅頭を買い求めたのだ。

浅草の火消し人足の音吉《おときち》の後添えになった妹の佐和は、先妻の娘と自分が生んだ男児と共に浅草聖天《しょうでん》町で四人暮らしをしている。

音吉一家の住む平屋は、小路を入った角地にあった。

「ごめんよ」

声を掛けながら戸を引くと、するりと開いた。

「おじさんの声だっ」

娘の声がして、上り口の先の障子が勢いよく開くと、九つのおきみが顔を出した。

「上がって」

「おぉ」

六平太はおきみに返事をしながら土間を上がり、奥の居間へ入る。

「いらっしゃい」

佐和は声をかけると、裁縫箱を脇へどかし、そのついでに、寝そべっていた勝太郎《かつたろう》を引いて動かすと、

「ここへ」

炬燵に座る場を空けてくれた。

「みんなに蒸かし饅頭の施しだ」

六平太が菓子屋の包みを炬燵の櫓《やぐら》に置くと、寝そべっていた勝太郎がむくりと体を起こした。

佐和が包みに巻かれた紐《ひも》を解きにかかると、おきみも炬燵に着いた。

包みが開けられると、饅頭がほんのりと湯気を漂わせる。

「温かいうちにいただきなさい」

佐和の声を待っていたおきみと勝太郎は、口々に「いただきます」と声を張ると、

饅頭を手にした。

「昼餉《ひるげ》の支度をしてなかったけど、兄上、昼餉は？」

「仕事の後、神田の『もみじ庵』で結び飯を腹に入れたから、この饅頭で昼は凌《しの》げる」

六平太は佐和にそういうと、饅頭に手を伸ばした。

「わたしも、頂きます」

佐和も手にして、炬燵の四人は饅頭を頬張る。

「おきみは二年前に帯解をしたし、勝太郎が五つになるのは二年後だから、この家に、今年の七五三はなんの関わりもないな」

「そうなのよ」

「勝太郎、お前、早く五つになれ」

「ええ？」

饅頭を頬張った勝太郎が、怪訝《けげん》そうな顔で六平太を睨んだ。

「おじさん、そんなの無理だよ」

「そりゃ、そうだな」

笑って返答すると、六平太は饅頭にかぶりついた。

「兄上、頬が腫れて少し青いけど」

「あ。ちょっと、ぶつかってな」

笑みを浮かべた六平太は、笑って左の頬に掌《てのひら》を押し当てた。

「なら、いいけど」

「なにが」

「足を弱らせたり、寝込んだりしたらって、ふっと考えてしまったもんだから。一人でどうするんだろうなんて」

佐和が心配をしてくれるのはありがたくはあるが、返す言葉が見つからない。

「誰か傍にいてくれる人がいれば、わたしも安心だけど。だってほら、近くても、すぐには駆けつけられないこともありますから」

「所帯を持てとでもいうのか」

「音羽のおりきさん」

「あれは、今のままがいいと言ってる」

「じゃぁ、他に誰か」

佐和は、『そんな人はいないのか』とでもいうように、六平太に眼を向けた。

佐和も知っている『飛驒屋』の登世から、この日、婿養子になる気があるかどうか尋ねられたことは、微塵《みじん》も言うつもりはない。

「おっ母さんがおじさんのとこに駆け付けられないときは、あたしが行ってあげる」

おきみが宣言すると、

「おれも」

勝太郎まで口にした。

「もう、二人とも、おじちゃんをそんなに甘やかしちゃ駄目よっ」

佐和が、おどけた顔で苦言を呈した。

四

二階の物干し台に朝日は射しているが、水仕事をしたばかりの手には、風が冷たい。

洗った着物や襦袢《じゅばん》、褌《ふんどし》や足袋などを竿《さお》に下げながらも、六平太はかじかむ手を口に近づけて、息を吹きかけている。

日の出から一刻ほどが経った五つ半（九時頃）という頃おいだから、さらに日が昇れば少しは暖かみは増すだろう。

昨日、浅草の佐和を訪ねた六平太は夕刻までいて、仕事から戻ってきた音吉も交えて夕餉を共にした。

帰りに持たせてくれた夕餉の残りの飯と煮物があったので、今朝は朝餉の支度をせずに済んだ。

「秋月さん」

足元から聞き覚えのある声がした。

物干し台の手摺《てすり》から顔を突き出すと、『もみじ庵』の忠七が路地に立っていた。

「親爺《おやじ》自らやって来るとは、珍しいね」

六平太が声を掛けると、路地の真ん中に出てきた忠七が、見上げた。

「実は、今しがた、先日人入れをした笹郷藩から『もみじ庵』に人が見えまして、是非とも秋月さんに会いたいと申されましてね」

「それでわざわざのお越しかい」

「使いを走らせるからと申し上げたら、行ったり来たりの間が惜しいから、こちらを訪ねると仰いますんで、わたしがお連れした次第で」

そんな事情を口にした忠七が、井戸の先の木戸を振り返った。

そこには袴《はかま》を穿《は》いた武士が網代笠《あじろがさ》を少し持ち上げて、物干し場の六平太を見上げていたが、顔形は定かには見えない。

「干し終えて、身支度をするから、鳥越明神で待ってくれるよう伝えてくれ」

六平太は忠七にそう告げると、残りの洗濯物を急ぎ竿に干した。

信濃国笹郷藩の江戸上屋敷は、昼前にも拘わらず、静かである。

六平太が通された六畳の部屋は障子が閉め切られているが、外光が輝いていて、部屋の中は明るい。

近くに普請場があるのか、鑿《のみ》を叩く小気味のいい木槌《きづち》の音が届いている。

笹郷藩の上屋敷に再度足を踏み入れることになるとは、思いもしなかった。

『もみじ庵』の忠七が案内して来た笹郷藩の使いを待たせていた六平太は、洗濯物を干し終えるとすぐに着替えて、鳥越明神に駆け付けたのだった。

「口入れ屋の主は、店に戻って行った」

そう言いながら網代笠を取った武士は、剛健な体軀《たいく》の四十ほどで、四角張った顔つきをしていた。

「某《それがし》、笹郷藩江戸屋敷の徒士頭を務める、跡部与四郎《あとべよしろう》と申す」

そう名乗った跡部から、上屋敷にお出《い》で願いたいと、同行を促されたのである。

昨日の登城の際に、藩主の乗り物を守った一人が、口入れ屋からの日雇いだと分かり、「江戸家老が直々に礼を述べたい」というのが、跡部の申し出の理由だった。

「失礼いたす」

聞きなれた跡部の声がして、廊下の襖《ふすま》が開くと、家老と思われる年配の武士に続いて跡部も入った。

家老らしい五十絡みの男は六平太と正対し、両者の間に座した跡部が、

「こちらは、当家、江戸屋敷筆頭家老の石田甲斐之介《いしだかいのすけ》様にござる」

六平太の向かいの武士を手で指し示した。

家老という男に、微《かす》かに見覚えがあった。

登城の行列の供揃えに雇われた日の早朝、藩主の乗った乗り物を式台から見送った三人の重職のうちの一人によく似ていた。

「殿の登城の列に加わっていた者に聞けば、狼藉者の襲撃に対しての秋月殿の奮闘ぶりはすさまじく、篤く御礼申す」

「なんの。わが身を守っただけのことでして」

六平太は、軽く頭を下げた石田に、遜《へりくだ》った物言いをした。

「ご謙遜《けんそん》には及ばぬ。あの朝、殿の乗り物の傍にいた者に聞くと、秋月殿は、襲って来た者の何人かに手傷を負わせ、一人を斬り伏せたということだが、その者は、死にましたかな」

石田の声は、詮索《せんさく》するというより、世間話でもするような悠長さが窺えた。

「屋敷に戻って表を見た時は、仲間の何人かが、倒れていた男を担いで連れて行くところでしたが」

「さようか」

石田は、呟きを洩らした。

「殿の乗り物を襲った者どもの顔をご覧になったか、あるいは互いの名を呼び合ったのを耳にされた覚えなどはござらぬか」

矢継ぎ早に問いかけたのは、跡部である。

「通りは夜明け前で暗かった。その上、襲った連中は顔を隠していましたしね」

六平太の返答に渋い顔をした跡部は、小さな唸り声を洩らした。

「秋月殿は、以前はいずれかのご家中におられたのかな」

「十数年も前のことですが」

六平太は、石田に応《こた》えた。

「剣の腕前を磨いたのは、その時分でござるか」

「外出の際、殿の周りを警固する供番を務めていましたからね」

六平太が返答をすると、

「なるほど」

大仰に頷いた石田が、胸の前で腕を組んだ。

「殿の行列に付いていた者に聞けば、秋月殿の太刀捌きには凄《すさ》まじいものがあったそうですが、いずれの流派でござる」

跡部に問いかけられて、

「立身《たつみ》流兵法だが」

六平太が応えると、石田は、

「知らぬな」

と呟いて、跡部を見た。

立身流兵法とは、室町時代に伊予《いよ》国の武将、立身山京《さんきよう》を始祖とする刀術を中核としている武術である。刀術の他に、俰《やわら》、槍《そう》術、棒術、四寸鉄刀《しゆりけん》などを網羅していた。

手短に伝えた六平太は、

「乗り物の周りを警固する役目柄、刀術の他にも二、三のことは身に付けましたが」

と、話を締めくくった。

「しかし、なにゆえ浪人に」

「放り出されたんですよ」

六平太が屈託なく返答すると、石田は慌てて、

「いや、主家を去るなど、人には言えぬ事情があることを察するべきであったな。済まぬ」

六平太に小さく頭を下げた。

するとすかさず、跡部が六平太の膝元に小さな紙包みを置いた。

「些少《さしよう》だが、殿を守ってくだされた礼でござる」

そう言うと、石田は小さく笑みを浮かべた。

紙包みの形から、中身は二、三枚の小判かもしれない。

「折角だが、これは辞退申し上げる」

「遠慮には及ばぬ」

石田は訝《いぶか》しそうな声を出した。

「武家との間に金が絡みますと、なにかと面倒でしてね。いや、昔、謂れのない罪を着せられてお家を放逐された苦い出来事が、未だに用心深くさせるんですよ」

笑みを浮かべた六平太は、紙包みをゆっくりと石田の方へ押し遣り、

「では、これで」

傍らの刀を摑んだ。

「先日、殿の乗り物が襲われた件は、くれぐれも他言無用に」

跡部から抑揚のない声が向けられた六平太は、

「登城の朝も、屋敷を出る際にそう言われましたよ。同じことを、二度も念押しされるのは、いい心持ちがしませんな」

やんわりと口にして腰を上げた。

下谷御成街道を南へ、神田川の方へ向かった六平太は、広小路を通り過ぎると、神田仲町の角を左へと折れた。

行く手にある、藤堂家の上屋敷の南端をさらに東に進めば、浅草元鳥越町へ行きつけるのだ。

六平太は、神田仲町の角を曲がった先で、背後にいた侍三人も角を曲がったことを知り、付けられていることを確信した。

笹郷藩上屋敷を出てしばらくした時、編み笠を被った袴姿の侍が三人、背後に現れたのを目の端で捉えていたのだ。

三人の侍は、人を付けることに慣れてはいないようだ。

一計を案じた六平太は、藤堂家上屋敷の西の角地の辻に出ると右に折れて、佐久間町二丁目の小路に入り込んだ。

二軒先にある家の、『三味線指南　東音崎杵太郎』の看板の掛かった格子戸を開けて入り込むと、素早く建物の陰に身を潜める。

すると、編み笠の侍三人が格子戸の向こうを通り過ぎるのが見えた。

が、すぐに引き返して来た三人は、丁字路の近くに立ち止まり、三方に眼を向けているような気配を見せた。

小声で声を交わし合った三人の侍は、格子戸の前を右へと、最初に進んだ方向に足早に向かった。

それを見た六平太は格子戸を出ると、侍たちとは逆の方に向かい、和泉橋の方へと足を速める。

回り道をして、佐久間河岸のどこかで、三人の侍を待ち受けようという腹だった。

神田川の北岸にある藤堂揚場《あげば》に差し掛かった時、佐久間町三丁目に通じる小路から佐久間河岸に飛び出てきた三人の侍が眼に留まった。

左右に眼を遣った編み笠の侍三人は、六平太に気付くと、ぎくりと足を止め、慌てて身構えた。

「おれに何の用だ」

六平太がつかつかと近づいて声を掛けると、編み笠の侍三人は刀の柄《つか》に手を掛けた。

「こんなところでやり合うつもりか。斬り合いとなれば、そこの辻番が走って、出羽の佐竹家、上野《こうずけ》の板倉《いたくら》家、それに藤堂和泉守家からも人が駆け付けてくるが、それでもいいのか」

六平太が鋭く脅した。

三人の侍は、揚場近くの辻番所を見、間近に見える大名屋敷に眼を遣ると、戸惑ったように刀から手を離す。

「お前ら、何者だ。笹郷藩の家老に殺せとでも言われて来たのか」

「馬鹿なっ」

小柄ながら肉厚な肩をした男が、六平太の問いかけに鋭く異を唱えた。

そして、

「おぬしこそ、登城する殿の行列に加わっていた者であろうが」

と、罵声を浴びせた。

「その時、お前はわれらに刀を振るい、同志の一人を斬り伏せた」

細身の侍が、怒りの籠った声を発した。

「なるほど。あの朝、行列に斬り込んだのはおぬしらかぁ」

声を上げた六平太は、編み笠の三人を見やって大きく頷いた。

「しかし、一文字笠を被って動き回ったおれの顔なんか見てはいまい。どうしておれだと分かった」

「今日、上屋敷に呼ばれて行ったお主に、間違いない！」

「力蔵《りきぞう》」

中肉中背の侍が名を口にして、細身の侍の言葉を断ち切った。

「同志を斬ったことに間違いはないのだなっ」

小柄な侍が、六平太の方に向かって半歩、前へ出た。

「ない」

六平太は即答した。

「伊兵衛《いへえ》殿の仇をっ」

細身の侍が声を絞り出して刀に手を掛けると、

「力蔵」

中肉の侍が咄嗟に、力蔵と呼んだ侍の手を押さえた。

「やはり、死んだか」

六平太は、弱々しい声を洩らした。

行きがかり上とはいえ、恨みも何もない相手を斬り殺したことは、いささか気が重い。

「改めて聞くが、おぬしは、家老の手先か。それとも、剣術指南の跡部の門弟か」

「跡部というのは、徒士頭と言っていたが」

六平太が、力蔵を押し留めた中肉の侍に返答すると、

「先手組徒士組を指揮する跡部は、藩の剣術指南でもある」

そんな声が返ってきた。

「そんなことより、おぬしは何者か。誰の手先かとの問いへの返答はっ」

小柄な侍が肉厚な肩をそびやかして六平太の前に仁王立ちした。

「おれは、口入れ屋から差し向けられた、ただの日雇い人だよ」

「殿の乗り物を守り、その上、われらの同志を殺したではないか」

声を発した細身の侍が唇を噛み締めた。

「刀を向ける者から己の命を守るのは当然のことだろう。こっちは、一日一朱で雇われた身の上だから、それ相応の働きはするんだよ」

六平太が理屈を吐くと、侍たちは押し黙った。

「しかし、あの朝の太刀捌きは、ただの雇われ者とは思えぬが」

中肉の侍から呟きのような声が洩れた。

「ただの雇われ仕事もするが、たまに、小さな剣術道場の師範代も務めている」

六平太の声に、顔を見合うかのように、三人の編み笠が動いた。

「念のために聞く。おぬし、まこと家老や跡部に動かされているのではないのだな」

「馬鹿なことをいうと、神田川に蹴落とすぞ」

六平太が、小柄な侍に伝法《でんぽう》な口を利くと、

「おれは、人に命じられて動くのが嫌で浪人になった身なんだよ」

そう言いながら、大股《おおまた》で三人の横をすり抜け、下流の方へと歩を進めた。

五

新シ橋の袂を通り過ぎ、久右衛門河岸をさらに下流に向かったところで足を止めた六平太は、後ろを向いた。

するとおずおずとした様子ながら、後に付いてきていた三人の編み笠の侍も足を止めた。

六平太が下流に向けて歩き出すと、背後から三人の足音が付いて来る。

「あぁあ」

聞こえよがしに声を上げた六平太は、河岸に設けられた荷揚場近くに石を見つけて、腰掛にした。

河岸の奥には出羽鶴岡《つるおか》藩、酒井《さかい》家の下屋敷があるから、揚場のいくつかは、酒井揚場と呼ばれているものだろう。

腰掛けた六平太の眼の前におずおずと足を止めた三人の侍が、ゆっくりと編み笠を外した。

すると、若々しい侍の顔が三つ現れた。

「あなた様のお名を伺いたいのだが」

中肉の侍が、少し改まって口を開いた。

「名を名乗るのは惜しくはないが、聞きたいのならそっちから名乗るのが筋ってもんじゃないのか」

「言わせておけば」

小柄な侍が肩を怒らせると、中肉の侍がその前に出て、

「われらは、笹郷藩、江戸下屋敷に詰めている者で、わたしは、蔵番の川村直次郎《かわむらなおじろう》」
二十七、八と見える中肉中背の侍はそういうと、頭を下げた。
「同じく、使番、稲留力蔵《いなとめ》」

三人の中では一番年若と見える力蔵は、二十そこそこかもしれない。

「某は、同じく下屋敷の馬役、山中百助《やまなかももすけ》」

小柄ながら肩の肉の分厚い侍は、年の頃は二十代半ばの丸顔だが、仕方なく名乗って、愛想なく頭を下げた。

「おれは、口入れ屋『もみじ庵』に重用されている、秋月六平太だ」

名乗って笑みを浮かべると、

「なるほど。そちらは下屋敷詰めの方々か。と、すると、おれが今日上屋敷に行くってことを、お前さん方はどうして知ったんだ」

六平太の問いに、三人は困惑して顔を見合わせる。

「お前さんらの同志を斬り殺したおれが、家老に呼ばれたってことをだよ」

「それは」

「川村さん、お待ちを。わけの分からん相手に内情を明かすのは剣呑《けんのん》に過ぎます」

山中百助が待ったをかけた。

「確かに、百助さんの言うのが尤《もつと》もだな」

六平太の口ぶりに、からかう響きは微塵もなかった。

「だが、秋月さんというお人は、こちらが胸を開かなければ、相手にしてくださらぬ御仁のようだ」

「ほう」

六平太は、感心したような声を洩らした。

「気付かれたかどうか知りませんが、笹郷藩内では今、国元の若き藩士と密《ひそ》かに手を結び、旧態依然の藩政を布《し》く石田家老などのご重役に改革を求める動きが芽生えております。国元の下級藩士から起きたその動きは江戸の我らにも広がり、上屋敷にも、重役らの動きなどを知らせてくれる同調者がいるのです」

「なるほど」

六平太は、川村の話を聞いて呟きを洩らした。

藩内の対立は、なにも珍しいものではなかった。

「秋月六平太。その方、藩政の改革を標榜《ひょうぼう》した者どもと志を一にして、藩政を揺るがしたことは御家への謀反である。よって、秋月家を当家より追放する」

謂れのない罪を着せられて、十五年前、秋月家が信濃十河藩の江戸屋敷から追放されたのは、藩内に起きた改革派と守旧派の対立の側杖《そばづえ》を食った末のことだった。

「江戸家老筆頭の石田甲斐之介と国家老に藩政を正させ、これまで二人の専横を許していた藩主、右京大夫様に猛省を促そうと目指しているのです」

「そんなことを聞かされても困るな」

六平太は掛けていた腰を上げた。

「目下、これという仕事をしておられないのなら、どうか、秋月様の剣の腕を我らにお貸し願えないでしょうか」

川村からそんな声が上がった。

「用心棒になれというのか」

「いえ、ただ、助力を願えればと」

「誤魔化すな。おれが出来る助力といえば、剣しかないが、そんなことをおれに頼むのは、お門違いだよ」

六平太がぞんざいな口を利くと、川村はきまり悪そうに眼を泳がせた。

「金を出せば力を貸すのか」

喧嘩腰の物言いをしたのは山中である。

「いや。おれは、武家のゴタゴタには金輪際関わりたくないんだよ」

軽く手を上げて歩きかけた六平太は、ふと足を止め、

「これは些少だが、死んだ同志の墓に花でも供えてやってくれ」

懐《ふところ》の巾着《きんちゃく》から一朱を摘まんで、川村に差し出した。

　すると、脇から手を伸ばした稲留力蔵が一朱を奪い取ると、

「伊兵衛殿を殺した者からこんな金はもらえぬ」

　神田川の流れに投げ入れた。

「勿体《もったい》ないことをしやがる」

　苦笑を浮かべた六平太は、川村達に厳しい顔を向けると、

「これだけは言っておくが、お前さんたちが話したことは、聞かなかったことにするから、安心しな」

　そう言い置いて、出羽酒井家下屋敷の西側に延びる道を北の方へ向けて歩を進めた。

　通いなれた道だから、角を幾つか曲がれば、浅草元鳥越町に至ることは百も承知である。

　上野の方から、鐘の音が届いた。

　九つを知らせる時の鐘だろう。

　鳥越川に架かる甚内橋を渡った六平太は、鳥越明神の前の往還に出た。

　その往還を左に行けば、三味線堀から上野の広小路へと抜けられる。

　右へ行くと、大川の西岸に蔵の立ち並ぶ浅草御蔵前がある。

　六平太が、『市兵衛店』に通じる鳥越明神横の小道へ入りかけた時、境内の中で人

の動きがあるのに気付いた。

眼を向けると、境内の祠の縁に腰掛けていた跡部与四郎が、立ち上がっていた。

「ほう。ここでなにを」

境内に足を踏み入れた六平太が尋ねると、

「先刻は、神田川でいずれかの侍どもと悶着《もんちゃく》があったようですが、何事でしたか」

「どこかの家中の若い奴《やつ》らが、江戸でいい気になってるようでね」

六平太が誤魔化すと、跡部は、

「ほう」

と口にしただけで、若侍たちのことにそれほどの頓着《とんじゃく》は示さなかった。

その様子から、川村らが笹郷藩の若侍とは知らないようだ。

同じ家中の江戸屋敷にいても、上屋敷の者が中屋敷や下屋敷の人員を見知っているとは限らない。

国元と江戸とで人の入れ替わりもあるし、下屋敷の下級藩士の顔を知ることなどないと思われる。

「おれを、付けていたようだな」

六平太は、笑みを浮かべて尋ねた。

「礼金を受け取らぬその方のことが気になりましてね」

「金に執着しない御仁というのは、手ごわい。ちっとやそっとでは靡《なび》かぬお人は、怖いものでしてね」

ゆったりとした物言いながら、顔に笑みを湛えていた跡部の眼は、決して笑ってはいなかった。

「ほう」

「口外無用の一件を、おれが外に言いふらすとでも思ったのかね」

「ですから、いささか気になったと申した。なにしろ当家は、わずか一万二千石の小藩。将軍家との縁もない外様となれば、常々、御家取りつぶしの危機を抱いて事に当たらねばならぬ。ほんの少しの綻《ほころ》びがあっても、お家の存続が危ぶまれるのですよ。それでまぁ、生き延びるためには、こうして、取るに足らぬ不安や気懸りに気を遣う癖というものが、つい顔を出しましてな」

「それは、おれにも分かるがね」

六平太が口にしたことは、嘘《うそ》ではない。

かつて大名家に仕えた身には、公儀に生殺与奪の権を握られている大名諸侯が、家の安泰にどれほど気を遣うかは、よく知っていた。

「おや、秋月さんじゃありませんか」

そう言って境内に入ってきたのは、鹿島《かしま》の事触《ことぶ》れの装りをした大道芸人の熊八だった。

常陸《ひたち》国の鹿島神宮の神官が行う吉凶のお告げを真似たことに発する鹿島の事触れだが、熊八が被った折烏帽子《おりえぼし》の塗りは剝《は》げている。そのうえ、纏《まと》っている狩衣《かりぎぬ》は、以前は白かったと思われるが、今ではあちこちに染みが目立ち、黒ずんだ襟に幣束《へいそく》を差し込み、鈴と銅拍子を手にしている様は異様である。

「あぁこれは、話の邪魔をしたようですな」

熊八は、跡部に向かってひょいと頭を下げた。

「同じ長屋の住人でしてね」

六平太が熊八に眼を向けると、跡部は声もなく小さく頷いた。

「あ、やっぱり秋月さんの声だったね」

そう言いながら近づいてきたのは、葱《ねぎ》や芋を載せた竹の笊《ざる》を抱えたお常である。

「おや、こんな時分に熊八さんもいたのかね」

「上野広小路の辺りで脚がつりそうになったもんだから、切り上げてきたんですよ」

熊八が答えると、

「なんなら、秋月さんがたまに掛かる足力に行って、腰から下を踏んでもらったらいいんだよ」

お常が口にしたのは、疲れのツボを足裏と足の指で押して療治をしてくれる足力屋のことだった。

「では、某は」

跡部が、話の隙間にやっとのことで口を挟んだ。

すると、

「もしかして、秋月さんと話の途中でしたかね」

気遣いを見せたお常に、「よいのだ」と返答した跡部は、六平太に会釈をして境内の外に足を向けた。

それにつられたように、六平太も脇道の方に向かった。

「あ、そうだ。朝方干してた褌と襦袢が、物干し台から飛んでましたから、わたしが拾って家の中に置いておきました」

熊八とも並んで歩きながら、お常が六平太にそういうと、

「洗濯もんは、ちゃんと竿に通して置かないといけませんね」

注意を喚起した。

「わかったよ」

笑って答えた六平太は、熊八とお常と共に『市兵衛店』へと通じる脇道に出た。

「あ、境内にいたお侍がこっちを見てますよ」

熊八の声に足を止めた六平太は、表通りの方に首を回した。

だが、跡部の顔は見当たらない。

「こっちを見てたんだが、顔を引っ込めましたね」

熊八は、表通りの方に向けていた幣束を下ろした。

「あの侍、何もんなんです」

『市兵衛店』の方に歩き出すとすぐ、お常から声が掛かった。

「うん。口入れ屋『もみじ庵』に頼まれて行った先の、ただのお武家だよ」

ぼかして答えたものの、屋敷から付けていた跡部の執着が、六平太はいささか、気になっていた。

第二話　髪切り女

一

　寒い日の続いている十一月中旬だが、四谷《よつや》の相良《さがら》道場には熱気が満ちていた。

　五つ半（九時頃《ごろ》）に始まった朝稽古《あさげいこ》が一刻（約二時間）近くも続くと、稽古をする門人たちの汗が飛び散り、それが湯気となって、道場内は霞《かすみ》がかかったようになっている。

　秋月六平太《あきづきろっぺいた》は、久しぶりに道場で顔を合わせた矢島新九郎《やじましんくろう》と竹刀で立ち合っていた。

　北町奉行所の同心である新九郎は、なにか事があれば調べに駆け付けなければならないという仕事柄、決まった日に稽古をするということは出来ない。

　従って、稽古が出来るのは非番の日か、定町廻《じょうまちまわ》りとして市中見回りをする間隙《かんげき》を縫って道場に駆け付けるしかなかった。

　いつの間にか、六平太と新九郎の立ち合いを、動きを止めた若い門人たちが遠巻きにして見ていることに気付いた。

「六平太が道場に残っていれば、矢島新九郎と二人、相良道場の『竜虎』と並び称せられていたのだがな」

浪人になった直後、道場通いをやめていた六平太が、再度通い出したある日、師範の相良庄三郎《しょうざぶろう》からそんなことを聞かされたことがあった。

そのことは門人たちにも知れているらしく、間近で見る『竜虎』の立ち合いに見入ったのかもしれない。

コンコンコン――道場の外から、板木を叩《たた》く音が鳴り響いた。

相良道場の下男である源助《げんすけ》が叩く、稽古終了の合図である。

竹刀を腰にした六平太と新九郎が向かい合い、共に一礼すると、

「ありがとうございました」

二人の立ち合いを見ていた門人たちから、大きな謝辞が飛び交った。


師範の住居へと続く廊下に、道場と接した更衣所がある。

稽古の前後に着替えをする場所だが、ここは、師範代の六平太や新九郎など、年長の門人のための更衣所だった。

六平太は稽古着を脱いで汗を拭《ぬぐ》うと、普段着に着替えながら、

「いやぁ、久しぶりにいい汗をかきましたよ」

正直な感想を口にすると、

「いやいや、こちらこそお相手をしていただき、お礼の申しようがありません」

新九郎から丁寧な返事が出た。

新九郎が二つほど年長なのだが、入門は、六平太の方が先だったということもあり、目上に対するような物言いをされるので面映《おもは》ゆかったが、それには大分慣れた。

「どうもお疲れ様でございます」

開いていた戸の外に立った源助が、二人に声を掛け、

「稽古着は洗っておきますから、置きっぱなしにしてくださいませ」

いつものことながら、そう念押しをすると、「急ぎでなければ台所で茶でも」と誘いがかかった。

「喉《のど》が渇いたところだった。どうです秋月さん」

「茶を呼ばれましょう」

六平太は刀を摑《つか》むと、新九郎に続いて廊下に出、源助の後について行く。

源助が案内したのは、建物の奥にある広い台所だった。

その土間も広く、男三人が並んで包丁を使えるほどの調理台と流しがあり、三つの竈《かまど》では大小の鍋釜《なべかま》を同時に載せられるので、道場の門人たちの調理も賄《まかな》うことが出来

た。

土間を上がった板の間は、畳にして十畳以上の広さがあって、正月の鏡割りなどの催事には、台所で作った食べ物や酒を並べ、師範と門人たちの飲み食いが容易に出来た。

「すぐに入れますから、囲炉裏の傍《そば》でお待ちを」

源助に促されて、六平太と新九郎はちろちろと燃える薪の置かれた囲炉裏端に胡坐《あぐら》をかいた。

するとすぐに、源助が土瓶を提げて囲炉裏端に着き、自在鉤《じざいかぎ》に掛かっていた鉄瓶を手にすると、茶の葉の入った土瓶に湯を注《そそ》ぎ入れる。

「わたしが着くとすぐ、相良先生は剣術の指南だと申されて出かけられたが」

新九郎が口を開くと、

「へぇ。このところそんなようなご依頼があって、先生は断わるのに難儀しておられます」

湯呑《ゆのみ》に茶を注《つ》ぎながら神妙に返事をすると、源助はさらに、

「今日、指南を引き受けられたのは、長年昵懇《じっこん》にしておられたお旗本でして、十五になる孫に剣術の心得を授けてほしいとの依頼に応じられたのでございます」

そう締めくくって、茶を注いだ湯呑を、新九郎と六平太の前に置いた。

「いただこう」

新九郎は湯呑を取り、一口飲むと、感じ入ったように「美味《うま》い」と口にした。

六平太も湯呑を手にすると、

「そうそう。昨日でしたが、道場にお出《い》でになったお武家から、秋月殿はおいでかと尋ねられました」

源助が思い出したように告げた。

「それで」

「お出でではないと申し上げますと、いつ参られるのかとお尋ねですので、決まっておりませんと返事をしておきましたが、よろしかったでしょうか」

源助は、不安そうな面持ちで六平太を窺《うかが》った。

「あぁ、構わんよ。それで、名とか風貌《ふうぼう》を覚えているかな」

「名を尋ねたのですが、名乗るほどの者ではないと申されました。年の頃は四十を超したくらいで、角ばった顔つきのお方でした」

「お。それなら心当たりはある」

六平太は、笑みを浮かべた顔で源助に頷《うなず》いた。

角ばった顔の侍と言われて思い浮かぶのは、笹郷《ささごう》藩江戸屋敷の徒士頭《かちがしら》、跡部与四郎《あとべよしろう》くらいしかいない。

「居残りの稽古ですな」

新九郎が、道場の方から微《かす》かに届く竹刀の音や門人たちの声に耳を傾けて、呟《つぶや》いた。

「いつも、何人かは残って稽古を」

源助はそういうと、鉄瓶の湯を土瓶に注ぎ足した。

「秋月さん、十一月ともなると、付添いの仕事は減るもんですかねぇ」

湯呑を手にした新九郎から声が掛かった。

「それがなかなか。稲刈りを済ませた百姓たちが、江戸見物に押しかけて来る時期ですから」

六平太は笑って返答した。

農閑期のこの時期は、来年の春まで江戸に出稼ぎに来る『椋鳥《むくどり》』と呼ばれる百姓たちも現れる。

現に、昨日までの二日間、下野《しもつけ》国大田原《おおたわら》藩塩谷《しおや》郡内から江戸見物に来た五人の百姓の付添いに、江戸諸方を歩き回ったばかりである。

六平太を連れ回した者たちは、以前江戸に行ったことのある者から話を聞いているらしく、行きたい場所や見たいものなどは大方決まっていた。

「そういう連中の買いたいものの筆頭は、浮世絵でして、その次が、両国米沢町の」

「『四つ目屋』でしょう」

新九郎が、いきなり六平太の話に割り込んだ。

「『四つ目屋』といいますと」

源助が、恐る恐る問いかけた。

「男と女が閨房《けいぼう》で用いる媚薬《びやく》を商う店だよ。長命丸とか女悦丸」

「さすが、定町廻りの同心。なんでもご存じだ」

六平太がそういうと、

「なるほど」

源助の口から、感心したような呟きが洩《も》れ出た。

「そんな連中も、江戸を去る前には、国の殿様の江戸屋敷を見たがるもんでしてね。それを昨日済ませて、今朝早く、ここへ駆けつけたような次第でして」

話し終わると、六平太は湯呑の茶を飲み干した。

「日光御成街道を進んで、幸手《さって》から奥州《おうしゅう》街道に入り、大田原に行くという道筋ですな」

源助は、囲炉裏の火を火箸《ひばし》で動かしながら、思案するように道筋を口にした。

「奥州街道と言えば」

呟いた新九郎が小首を傾《かし》げると、湯呑を床に置いた。

「いや、実は今月一日のことですが、日暮れ時の巣鴨《すがも》の真性寺《しんしょうじ》近くで、娘が髪を切られるという事件があったんですがね。その寺の前を通っているのが中山道なんですよ」

そう口にしたが、六平太には、新九郎が何を言おうとしているのか、見当がつかなかった。

「実を言いますと、娘が髪を切られるという同じような事件が、先月の十月から、三件も起きてるんです」

新九郎は天井を見上げて軽く唸《うな》ると、

「娘が髪を切られる事件が初めて起きたのは、東海道品川宿にある、品川寺《ほんせんじ》の近くでしたよ」

と口を開き、二件目が浅草山谷の東禅寺《とうぜんじ》門前で発生し、三件目が、内藤新宿の太宗寺《たいそうじ》近くで、今月一日の巣鴨の出来事が四件目だと打ち明けた。

しかし、髪を切られた娘たちは、いずれも、下手人の顔を見ていないという。

日暮れ時で顔が判然としない上に、手口も鮮やかで、恐怖に強張《こわば》った娘たちに下手人を窺う余裕などなかったようだ。

一方下手人は、娘に怪我など負わせることは一切なく、髪だけを切り取って逃げ去るのがいつもの手口だった。

「一連のこの件について、奉行所では頭を痛めているんですが、なんら手掛かりもないものですから、土地土地の町役人、目明かしに注意を促すしかありませんでね」

新九郎はそういうと、大きくため息をついた。

六平太と新九郎が、北伊賀《きたいが》町にある相良道場の門を共に出たとたん、遠くから鐘の音が届いた。

方角からして、九つ（正午頃）を知らせる市ヶ谷八幡《いちやはちまん》の時の鐘だろう。

「おぉ、台所で半刻《はんとき》（約一時間）近くも話し込んでしまいましたね」

新九郎が、足を止めた六平太に笑みを向けた。

「矢島さん、わたしはこっちですから」

坂の下の方を手で指した六平太が、

「髪切りの一件の顚末《てんまつ》が分かったら、いつか聞かせてください」

興味を示した。

「承知した」

きっぱりと頷くと、「では」と声を掛けた新九郎は、四ッ谷大道の方へと坂道を上がっていく。

最初の辻《つじ》を曲がった新九郎の姿が消えるとすぐ、六平太は坂の下へと足を向ける。

武家地の間を真《ま》っ直《す》ぐに延びる道を下っていると、背後に足音が近づいてきた。

た。


「いずれへ参られる」

背後から、聞き覚えのある跡部の声がした。

それには構わず、六平太は坂下の丁字路まで下ったところで、おもむろに足を止め
間を空けて足を止めた跡部は平然としているが、従っていた若い侍は苦し気に息を
継いでいる。

「おれの行先がよく分かったな」

「秋月殿が、朝方、道場に入られたのを見て、この者の連れが知らせに来た」

跡部は若い侍に振り向くと、『去れ』というように顎《あご》を動かす。

侍は一礼して、急ぎ坂道を上がって行く。

「昨日、道場におれを訪ねたのも、お前さんだね」

六平太が問うと、跡部は小さく頷き、

「立身流《たつみ》兵法と聞いていて幸いした。その兵法を江戸で指南する道場が少なかったの
も、探すのに都合がよかった」

「それはよかったが、おれは急ぐのでこれで」

行きかけると、

「先日、登城なさる殿の行列を襲ったのは、当家の者らしいということが分かったの

ですよ」

　跡部の声がかかり、六平太は行きかけた足を止めた。

「下屋敷の大納戸《おおなんど》方の一人が、襲撃のあった翌日、突然の病で死んだとの報告が上屋敷に届いたのだ」

「ぽっくり死ぬのは、なにも珍しいことじゃあるまい」

「死んだ者は、これまで大病ひとつしたことのない二十一の若者でな。不審に思い墓を掘り返して死骸《しがい》を改めたところ、肩から胸へ、一刀のもとに斬《き》り裂かれた見事な太刀筋の刀傷がござった。おそらく、殿の身辺をお守りくだされた秋月殿の手によるものと存ずる」

「それで」

　六平太は、関心のなさそうな声を出した。

「藩政に異を唱えている若手藩士が国元にいることは以前から察知はしていたが、その正体も動きも摑んではいなかった。だがこのことで、江戸の藩邸にも改革を標榜《ひょうぼう》する輩《やから》がいることが、はっきりとした」

「なるほど」

　当たり障りのない声を出して、六平太は惚《とぼ》けを通す。

「そこで頼みだが、江戸の改革派の主だったものが判明したその時は、秋月殿の腕をお借りしたいのだ」

「そんなことは、そっちでやってくれ。おれには関係のないことだ」

「口入れ屋を通すことなく雇い入れるからには、相場以上の報酬は出すことになる」

「おれは、金では釣られん」

「同志を殺された者どもが、この先、秋月殿を仇《かたき》として付け狙うということもあるが」

「おれが、斬り殺したとそいつらが知るすべが、ありますかね」

穏やかな声で問いかけると、跡部は言葉に詰まって、唇を固く結んだ。

「おれが、口入れ屋から雇われた男だとか、秋月という浪人だとか、おれをよく知る誰かが、改革派にそれとなく洩らせば、そりゃぁ、狙《ねら》って来るでしょうな」

「誰が洩らすと言うのだ」

跡部はさらに表情を硬くした。

「洩らした挙句におれを付かず離れず見張って、改革派が襲うのを待つという卑怯《ひきょう》な手がある。そうすれば、改革派を一網打尽に出来るという寸法だろう。つまり、おれを改革派おびき出しの囮《おとり》というか、捨て石にしようと考えるような輩は、どの世界にもいるもんだからね」

言い終わった六平太が、小さくふふと笑い声を洩らすと、跡部の張り出した頬骨《ほおぼね》の辺りが微かに動いた。

だが、

「もし、死んだ男の同志に仇と言われたらなんとする」

跡部は、抑揚のない声で問いかけた。

「襲われたから、己の身を護《まも》るために斬ったと、当たり前のことを言うしかないな。それじゃ」

軽く手を上げた六平太は、丁字路を西へと向かった。

「鳥越《とりごえ》へは道が違うようだが」

「行先は音羽《おとわ》だよ」

六平太は振り返りもせず、返答した。

「まさか、当家の下屋敷に行くつもりではあるまいな」

追ってきた跡部が、六平太の行く手に立ちはだかった。

「下屋敷は、音羽にあるのか」

なんの気なしに疑問を口にすると、跡部は眉をひそめて黙り込んだ。

「いや、音羽には、これがいるもんでね」

六平太は小指を立てて見せると、跡部の脇をすり抜けて歩を進めた。

ここから市ヶ谷片町へ向かい、尾張家上屋敷横から中里村を通り過ぎた後、江戸川橋を渡って音羽に行くつもりである。

そこは、十年以上もの付き合いのある髪結いのおりきをはじめ、弟分の菊次《きくじ》という、気の置けない連中の住む町である。

二

六平太が、音羽三丁目の蕎麦屋《そば》から出た途端、目白不動の時の鐘が八つ（二時頃）を打ち始めた。

跡部与四郎と別れて音羽に着いたのは、四半刻《しはんとき》（約三十分）ばかり前のことだった。音羽で生業《なりわい》をする知り合いの多くは、働きに出ている刻限である。

空腹を覚えた六平太は、江戸川に架かる江戸川橋を渡ると、音羽九丁目から護国寺《ごこくじ》の門前に向かって緩やかに延びている幅の広い参道を上り、音羽三丁目の馴染みの蕎麦屋に飛び込んだのだった。

「あら、秋月の旦那《だんな》、お久しぶりじゃありませんか」

蕎麦屋を出た直後、声を掛けてきたのは、四丁目の楊弓《ようきゅう》場の矢取り女、お蘭《らん》である。

「おりき姐《ねえ》さんは、急な髪結いの仕事で、さっき若松町に行ったから、帰りは日暮れ時になりますよ、可哀相《かわいそう》に。なんなら、あたしんとこで遊んでお待ちよぉ」

「そうしたいが、あんたとおれの噂《うわさ》が町中に広がるとまずいだろう」

「まずかぁないけど、おりき姐さんのやきもちは、恐ろしいね。ふふふ。あ、そうそう、毘沙門《びしやもん》の親方は、弥太《やた》さんと六助《ろくすけ》さんを連れて知り合いの弔いに、茗荷谷《みようがだに》の寺に行ったから、帰りはやっぱり日暮れだね」

お蘭が口にした毘沙門の親方というのは、護国寺を中心とする寺社をはじめ、門前の音羽界隈《かいわい》や岡場所《おかばしよ》の治安に目配りをして人望を集めている、甚五郎《じんごろう》という男のことである。

「ええとね、『吾作《ごさく》』の菊次さんは、女房のお国《くに》さんと青物やら魚なんか仕入れて八丁目の路地に入って行ったから、そろそろ仕込みに掛かるってところだろうね」

お蘭はそう断じた。

楊弓場の客が途切れると、表に出て客を呼び込むから、お蘭は町の様子にも、六平太の知り合いの動向にも詳しくなる。

六平太が音羽に現れると、あっという間に知り合いに伝わるのは、町を動き回る毘沙門の若い衆の眼《め》に留まるということもあるが、大方は、お蘭のお喋《しやべ》りのせいでもあった。

髪結いのおりきの家は、時の鐘を打つ目白不動近くの関口駒井町《せきぐちこまいちよう》にある。

お蘭と別れた六平太は、居酒屋『吾作』に顔を出すと、仕込みに取り掛かっていた店主の菊次に、

「あとで顔を出すから」

一言伝えると、おりきの家へと向かったのである。

音羽九丁目と桜木町《さくらぎ》の間の坂道を西へ上ると目白不動に至るのだが、おりきの家は、目白坂の途中、念珠屋と団子屋の間の小道を左に曲がった先にある。

神田上水の川端に立つおりきの家の表で戸を引くと、軽い音を立てて簡単に開いた。

「居るのか」

声を掛けて土間に足を踏み入れたが、中からは何の応答もなく、人のいる気配もない。

家を空ける時、おりきはたまに戸締りを忘れることもあって不用心なのだが、これまで空き巣に入られたことはないと聞いている。

廻《まわ》り髪結いのおりきが家を空けがちだと知った団子屋のお運び女と、店の帳場《ちょうば》に陣取った念珠屋の眼付きの鋭い店主が、小道に入り込む怪しげな者を見かけると、「この奥に何の用だ」などと問い質《ただ》すらしく、図らずも関所の役割を果たしているようだ。

入り口の土間を上がった六平太は居間に入ったが、長火鉢に火はなく、うすら寒い。

おりきが寝所にしている次の間の押し入れから掻巻《かいまき》を引っ張り出すと、居間に戻っ

てごろりと横になった。

下野に戻る江戸見物の一行を見送った後、相良道場で竹刀を振るって疲れたせいか、突然眠気に襲われてしまった。


目白坂下の桜木町の湯屋の外は、夜の帳《とばり》に包まれようとしている。

湯屋から出た途端、思わず袷《あわせ》の襟を掻《か》き合わせた。

おりきの家で寝入ってしまった六平太は、半刻ほど前、途切れることのない音を立てる関口の大洗堰《おおあらいぜき》の水音で目覚めたのだ。

とっくに日の落ちた刻限らしく、庭に面した障子はすっかり翳《かげ》って、居間は薄暗くなっていた。

掻巻を次の間の押し入れに戻すと、六平太の衣類が収められている柳行李《やなぎごうり》から、袷の着物と長襦袢《ながじゅばん》、それに真新しい褌《ふんどし》を出して風呂敷《ふろしき》に包んだ。

『湯屋に行く。出たら、菊次の店』

そんな書置きを残して、桜木町の湯屋に向かったのである。

湯屋で新しい着物に着替えた六平太が、護国寺参道の西側に並行している小道を八丁目の方へ足を向けた時、六つ（六時頃）を知らせる鐘が届いた。

菊次が包丁を振るう居酒屋『吾作』は、護国寺参道の西側に並行している小道の角に提灯《ちょうちん》を提げていた。

「いらっしゃい！」

暖簾《のれん》を割って店の中に足を踏み入れた途端、お運びをしていた菊次の女房のお国から威勢のいい声が掛かり、土間の奥を手で示された。

店は七分ほどの客で賑《にぎ》わっている。

六平太の定席というべき土間の奥の卓には、すでに、おりきと甚五郎が向かい合わせに掛けているのが見えた。

「家の書置きを見たから、親方に声を掛けたんですよ」

隣りに掛けた六平太に、おりきがそう言う。

「親方が弔いに行ったってことは、楊弓場のお蘭に聞いていましたが」

六平太がそういうと、

「思いのほか早く引き上げて来られましてね。ま、おひとつ」

甚五郎は徳利《とつくり》を手にして、六平太に勧めた。

「それじゃ」

六平太はぐい飲みを手にすると、甚五郎の酌を受けた。

「お久しぶりで」

甚五郎の音頭で六平太とおりきが盃《さかずき》を掲げて、三人は酒に口を付けた。

そこへやってきたお国が、芋とこんにゃくの煮物や湯豆腐など四品を卓に置いた。

「食い物はこれくらいにして、酒の方を頼むよ」

「すぐに」

返事をしたお国が急ぎ板場へと引き返す。

「ここんとこ、兄ィの足が遠のいていたから、秋月さんは音羽を忘れてるんじゃねぇかなんて噂が飛んでたんですぜ」

板場から、笑いを含んだ菊次の声が飛んだ。

「一月二月遠のいてたら忘れてると言われても仕方ないが、十日ぐらいで妙な噂が立つのはかなわねぇな。なにしろ付添い仕事が立て込んでたもんでな」

六平太は菊次に返答すると、盃の酒を飲み干した。

「だったらいいんだが、おりき姐さんがやきもきしてたようだからさ」

「なんだって」

口に近づけていた盃を止めると、おりきから不満げな声が上がった。

「みんな菊さんの作り話ですよぉ」

板場から出てきたお国が、徳利を二本置きながら声をひそめると、

「ほんとは自分がやきもきしてたんですから」

六平太たちに顔を近づけ、聞こえよがしに声を出した。

すると、おりきも甚五郎も、『分かってる』というふうに、頷く。

「お国おめぇ、なにをこそこそ話してんだよぉ」

板場の菊次から声が掛かった時、「頼むよぉ」という声に「はぁい」と返事をして、お国は客の方へ向かう。

「いやね、四谷の道場に行ったら、北町の同心の矢島さんから面白い話を聞いたもんだから、ちょいと披露してたんだよ」

六平太は、板場の菊次にも届くように少し声を張った。

「面白いっていうと？」

乗ってきたのはおりきだった。

六平太は、先月は内藤新宿の太宗寺の近くで娘が髪を切られるという事件があり、今月の一日には巣鴨の真性寺近くでも同じような事件があったことを告げた。

「あぁ、太宗寺のそのことなら、いつも髪結いに行く大久保村のお旗本のお屋敷で耳にしましたよ」

おりきは頷くと、盃に口を付けた。

「その話、詳しく聞きたいもんですねぇ」

いつも町の治安に気を配っているせいか、甚五郎は真剣な顔つきで六平太に顔を向けた。

「矢島さんの話じゃ、娘が髪を切られる事件が最初に起きたのは先月の一日の、東海道品川宿の品川寺の境内だったそうでね」

六平太は、聞いた話を切り出した。

同じような髪切りの事件が次に起きたのが先月の十日で、場所は浅草山谷の東禅寺近く。三件目が先月二十日、内藤新宿の太宗寺近くで、今月の一日に巣鴨の真性寺境内で起きたのが四件目だったということを言い終わると、

「ほう。どの場所も、六地蔵に関わるお寺ですね」

甚五郎が何気なく口にした。

すると、

「あ。たしかにそうですよ」

おりきが大きく頷いた。

「六地蔵というのは聞いたことはあるんだが、それが何か、詳しいことは知らないんだが」

六平太が苦笑いを浮かべると、

「それなら、護国寺さんをはじめ、音羽界隈のお寺さんや神社に出入りしておいでの親方が詳しいはずだよ」

おりきはそう口にして、

「親方、ひとつご教授を」

片手で甚五郎を拝んだ。

「ご教授というほどのことは知りませんが、聞きかじったことでよければ」

「それを是非」

六平太は甚五郎の盃に酒を注ぐと、講釈を促した。

「六地蔵と言われているのは、お釈迦《しやか》様が死んだ後、仏のいなくなったこの世で、天道、人道、修羅道、畜生道、餓鬼道、地獄道の六道輪廻《りんね》に迷える、生きとし生けるものを救い出す役割を担った、六体の地蔵菩薩《じぞうぼさつ》様なんですよ」

甚五郎はそう話し始めた。

「どうして地蔵菩薩に縋《すが》るかといいますとね、阿弥陀如来《あみだによらい》というのは、常に遥《はる》か彼方《かなた》の極楽浄土に留《とど》まっておいでだから、なかなか頼みにくい。ところが、地蔵菩薩は頭を剃《そ》り上げて丸坊主の姿をされている。それは、わたしら衆生の身近におりますぞと分からせるためのものなんだそうです。その証《あかし》に、雲水は網代笠《あじろがさ》を被《かぶ》りますが、地蔵さんはなにも被らず、町中にも鄙《ひな》にも立って居られますから、髪の毛のない坊主頭の菩薩が地蔵菩薩だということは誰にでも一目で分かります。だから、誰もがお願いをしやすいということなんだそうですよ」

そして、信仰篤《あつ》い人々は、江戸に通じる東海道、甲州《こうしゆう》街道、中山道《なかせんどう》、奥州街道、水戸《みと》街道、房総往還を仏道でいう六道に見立てて、それぞれの江戸の入口に地蔵菩薩を祀《まつ》り、悪鬼の侵入を防ごうとしたのだといい、それが江戸六地蔵の縁起のようだと甚五郎は締めくくった。

「音羽近辺の寺社に出入りするだけあって、さすがに親方はお詳しい」

立ち止まって話を聞いていたお国が、唸るような声を上げた。

「この辺には、ほら、御府内八十八か所の数の内に入ってる寺や神社も多いからねえ」

おりきがそういうと、

「関口の五色不動さんが五十四番目で、田中八幡が七十六番目。護国寺さんは八十七番目ですよ」

指折り数えたお国は、一人合点してうんうんと頷く。

そんなお国を見た六平太は、ふと小首を傾げると、

「親方、六地蔵にも、一番二番というような順番があるんですかね」

気懸りを口にした。

「確か、順番はあったと思いますが」

甚五郎はほんの一瞬首を傾げると、

「第一番が、東海道の品川寺です。第二番が奥州街道の東禅寺で、第三番が、甲州街

道入口の、太宗寺」

「四番目が、巣鴨の真性寺ですか。中山道の」

六平太が口を挟むと、甚五郎は驚いたように眼を丸くした。

「すると、六地蔵の内、四番目の寺の近くでつい最近、髪切り魔が現れたってことになりますね」

独り言のように呟いたおりきが、自分の盃に徳利の酒を注いだ。

「というと、五番目と六番目の近くにも、そのうち、その髪切り魔が出るかもしれねえってことですかねぇ」

いきなり割り込んだのは、板場から顔だけ出した菊次である。

「お前さんはいいから」

お国は菊次を押し戻すと、自らも板場に消えた。

「親方、五番目はどの街道のなんと言う寺になりますか」

「深川小名木川《ふかがわおなぎがわ》南の霊巌寺《れいがんじ》でして、北に向かえば、水戸街道の千住《せんじゅ》宿があります」

六平太の問いに即座に答えると、甚五郎は、

「六番目が、同じ深川の永代寺《えいたいじ》です」

と続けた。

「深川かぁ」

呟いた六平太は、永代寺から小名木川を渡って東へ向かえば、中川《なかがわ》に突き当たることを知っていた。中川番所の渡から船で対岸に行けば、東小松川村から東へ房総往還が延びている。

「秋月さん、このことを、音羽の目明かし徳松《とくまつ》どんから北町の矢島様にお伝えしようと思いますが、如何《いかが》なもんでしょう」

「しかし、いつ髪切り魔が出るか分からないとなると、奉行所としては手配りのしようがないでしょう」

「ちょっとお待ち」

おりきが、六平太が口に出した危惧《きぐ》に、低い声で待ったをかけた。

そしてすぐに、

「娘さんが髪を切られた日は、確か、先月の一日と十日、それに二十日と言いましたね」

「そのあとは、今月の一日だ」

そう返答した六平太は、

「ん？」

おりきに眼を留めた。

「なるほど。髪切り魔が現れてるのは、先月は一日と十日と二十日、そして今月の一日。同じような間を空けた区切りのよい日にちに六地蔵近辺で女の髪を切っていますね」

甚五郎が口にしたことは、六平太の思い付いたことと同じだった。

「昨日の十日に深川霊巌寺近くで髪を切られた娘がいれば、下手人は同じ動きをしているってことが、これではっきりしますね」

六平太の意見に頷いた甚五郎は、

「明日、徳松どんに矢島様のもとに行ってもらい、ここでの話を伝えてもらうことにしますが」

了解を得るように、眼を向けた。

「親方にお任せします」

そう返事をして、六平太は笑みを浮かべた。

三

神田上白壁町《かみしらかべ》は、筋違御門《すじかい》から伸びた通りが、日本橋を起点とする東海道にまで通じている大通りの一本西側にある。

大通りの町名は神田鍛冶《かじ》町で、一本西側には、道幅の狭い下駄新道《げたしんみち》が南北に並行している。

下駄新道の辻の一角にある上白壁町の自身番の中には、六平太と新九郎、それに土地の目明かしである藤蔵《とうぞう》が顔を突き合わせていた。

六平太が、音羽の居酒屋『吾作』で、おりきや甚五郎らと六地蔵についてやり取りをしてから二日が経《た》った、十一月十三日である。

髪切り魔の動きに関して、二日前の夜『吾作』で飛び交った話を、音羽の目明かしである徳松が新九郎に伝えたのは、昨日のことだったと聞いている。

その日、音羽に戻った徳松から、

「秋月さんにお頼みしたいこともあるので、明日、下駄新道の自身番にお出で願いたい」

という旨の、新九郎からの言付けを聞かされていた。

その申し出に応じた六平太は、今朝早く音羽を後にして、取り決めていた刻限の五つ（八時頃）、朝日を浴びている下駄新道の自身番に着いたのだった。

顔を合わせた三人は、湯気を立ち昇らせる鉄瓶の載った火鉢を囲んでいる。

「昨日、徳松から聞いた話を繰り返し考えましたが、秋月さんらが音羽で話された六地蔵の件は、かなりの手掛かりだと思いますよ」

口を開いた新九郎の顔付は引き締まっている。

「しかも、六地蔵の五番目、深川海辺新田の霊巌寺で異変がなかったというお尋ねでしたが、実は三日前の今月十日に、表門前町で娘が切られているということも分かりました」

「ほう」

新九郎の話に、六平太が声を上げた。

「どうして表沙汰《おもてざた》にならなかったのかは、わたしから」

「うん」

新九郎は、お伺いを立てた藤蔵に小さく頷いた。

「娘が髪を切られたとの知らせがあって、海辺新田のご同業が駆け付けますと、髷《まげ》を切られてザンバラになった娘が、近所の者たちに連れられて、近くの寺に駆け込んだそうで」

藤蔵が、同業の目明かしから聞いたことによれば、娘の家は本所菊川町《ほんじょきくかわ》の一千石の旗本家だと分かったという。

お先手組の組頭を務める父親に言いつかって娘のもとにやってきた用人が、傍にいた町役人や目明かしに求めたのは、〈髪を切られた娘の名と家名を秘してもらいたい〉ということだった。

「それで海辺新田の目明かしが、その旨を伝えると、お奉行所からも、名は洩らさぬようにとの下知があったものですから、霊巌寺近くでの一件は世間に広がらないということに」

そこまで藤蔵が話すと、

「たとえ女子供だとしても、武家の、それも千石取りの旗本の娘が易々《やすやす》と髪を切られたなど、読売などで喧伝《けんでん》されると、家名に関わるということでしょう」

新九郎は、娘の親の心境をため息混じりに推し量ったが、六平太も同感だった。

なにしろ、武家は体面を重んじる。

被害に遭ったのが婦女子であっても、気付きもせずに髪を切られたのは不覚であり、非難が親へ向けられるおそれもあったのだ。

「これまで五件の髪切りで被害に遭ったのは、職人や商家の娘に、今回は武家の娘ということで、何の関連もないところを見ると、下手人にとっては、髪を切る娘は誰でもよかったとしか言いようがないのです。ただ、狙った相手は皆、十六、七の娘盛りばかりではありますが」

そう論じた新九郎に、六平太は小さく頷いて応《こた》えた。

「しかも、下手人はおそらく、今月の二十日にも誰かの髪を狙うのではないかと見ています。これまで、六地蔵の一番目から、順番通りの場所に出没し、日にちも決まって一と十と二十の日に娘の髪を狙ってます。この下手人は、そういう細かいことに拘《こだわ》って片意地を張り、これと思うことに執着するような人物と思えます。ゆえに、六地蔵の六番目でも、必ずやるはずと見ています」

そう断じて、新九郎は六平太の方を見た。

「六番目ということは」

藤蔵がふと呟くと、

「深川永代寺だよ」

六平太が返答した。

「しかし矢島様、永代寺はかなり広うございますし、その周辺には繁華な町があります。奉行所のお役人や小者、近辺の目明かし、町内の連中を集めても、髪切り魔を見つけ出せるかどうか、その辺りが、いささか心もとないような」

藤蔵は首を捻《ひね》りながら、新九郎に向かって、努めて神妙に意見を述べた。

「秋月さんにお出で願ったのは、そのことでお頼みしたいことがあったからなんだよ」

藤蔵にそう返答して、六平太の方に体を回した新九郎は、

「秋月さんが懇意にしておいでの、木場《きば》の材木商『飛騨屋《ひだや》』の主《あるじ》、山左衛門《さんざえもん》殿にわたしを引き合わせて頂きたいのです」

改まった物言いをした。

「それは一向に構いませんが」

「顔の広い『飛騨屋』の旦那に、木場の旦那衆に声を掛けてもらい、二十日の永代寺での髪切り魔の犯行から娘さんを守るために、木場の若い衆を警戒の人数に加えてもらえないものか、頼みたいのです」

「それなら、矢島さん、いまからすぐに『飛騨屋』に行こうじゃありませんか」

そういうと、六平太は新九郎を促すように、急ぎ腰を上げた。

四

深川永代寺の庫裏《くり》の一室に、『飛騨屋』の主、山左衛門をはじめ、同心の新九郎、土地の目明かし、久作《きゆうさく》、材木問屋『吉野屋《よしのや》』の川並鳶《かわなみとび》である五郎松《ごろうまつ》、それに深川の町火消、南組に属する三組の鳶頭三人の他、末席には六平太が控えていた。

南組には一組から六組まであったが、列席しているのは、永代寺の近隣を持ち場にしている『二組』『三組』『四組』の頭である。

六平太は先日、

「木場の材木商『飛騨屋』の主、山左衛門殿に引き合わせてほしい」

新九郎から、そんな依頼を受けたのだ。

それから二日が経った十五日のこの日は、七五三の祝祭日である。

九つを過ぎたばかりとあって、地続きになっている富ヶ岡八幡宮《とみおかはちまんぐう》からは鈴を鳴らす音とともに、晴れやかな親子の笑い声が微かに届いていた。

二日前、新九郎の依頼に応じた六平太は、二人して木場の『飛騨屋』に向かった。

幸い山左衛門は家に居り、対面した新九郎は、度重なる髪切り魔の一件を打ち明けて、

「二十日の永代寺での犯行はなんとしても食い止めたい」

と述べ、

「下手人を捕らえるために、木場の衆の力を借りたい」

頭を下げたのだ。

その申し出に応じた山左衛門は、同業の材木商を駆け回って同意を得ると、

「うちからも若いもんを出す」

町火消からも声が掛かった。

火事に備えなければならない冬場ではあるが、南組の三組の鳶人足の数は二百人近く居り、店人足を足せば四百人にもなる。従って、『二組』『三組』『四組』からは、それぞれ五人は出せるとの返事が来ていた。

木場の職人たちにしても、仕事を終えるのは夕方の明るいうちであり、髪切り魔が

出没する日暮れ時の警固になら人を出せるとの返事は、昨日のうちに新九郎のもとに届いていたのだった。

関係者が一堂に会して顔合わせをしたのだが、特段、紛糾することはなかった。

「『飛騨屋』の旦那には、木場からの人数をまだお伝えしていませんでしたが、今朝がた、五、六軒の材木問屋から、川並や鋸《のこ》職人たちが来てくれることになりましたので、二十日は、少なくとも二十人の若い衆が揃《そろ》うはずです」

顔合わせの時に材木問屋『吉野屋』の川並鳶だと名乗った五郎松が、木場を代表して新九郎に伝えた。

川並鳶とは、江戸に船で運ばれてきた原木を、何本もまとめて筏《いかだ》に組み、木場の貯木場に運ぶ職人のことである。

「矢島様にひとつお伺いしたいのですが。髪切り魔に備えるのは、当日の七つ（四時頃）時分からでよろしいので？」

丁寧な物言いをしたのは、五郎松だった。

「うん」

ひとつ小さく頷いた新九郎は、改めて一同を見回して、

「六地蔵近辺における髪切り魔の、五番目までのやり口はすべて日暮れ時の、いわば逢魔《おうま》が刻《とき》と言われる刻限であった。集まるのは七つ時でよいが、その日は一旦《いったん》、ご一

同には富ヶ岡八幡に集まってもらい、永代寺の内外に置く人員の割り振りを決めようと思うのだが」

「承知しました」

五郎松が小気味のいい返事をすると、火消しの頭たちからも同意の声が上がった。

「では矢島様、今日のところは、これにて散会してよろしゅうございますか」

山左衛門が尋ねると、

「結構です」

新九郎は頷いた。

すると、集まっていた鳶頭や川並鳶の五郎松は、新九郎や山左衛門に辞儀をして部屋を出て行く。

「『飛騨屋』さん、川並鳶の五郎松という若者は、なんとも頼りがいのある男ですな」

新九郎が、五郎松が出て行った障子の方に眼を向けた。

「わたしはこの件で会うまで、五郎松さんのことは知らなかったんですよ」

「ほう」

六平太が意外そうな声を出すと、

「生まれは木場らしいんですが、しばらく江戸を離れた後、二、三年前に戻ったようですな。うちの職人に聞くと、木場の職人連中の人望を集めているようですから、楽しみです」

山左衛門の顔に笑みが浮かんだ。

「それを聞くと、こたびは、『飛騨屋』さんにお手数をお掛けしたのが幸いしたようです」

「とんでもない」

山左衛門は、新九郎に向かって、手を左右に軽く打ち振る。

「では『飛騨屋』殿、今日のところはわれらも」

新九郎が腰を上げると、

「それじゃ、わたしも」

「秋月さん、お急ぎでなければ、少しお話が」

山左衛門から声が掛かり、六平太は上げかけた腰を下ろした。

永代寺の庫裏を出た六平太は、山左衛門の案内で、同じ境内の一角にある茶店に案内された。

この日は日射《ひざ》しも温かく、二人は茶店の表に張り出された廂《ひさし》の下の床几《しょうぎ》に並んで掛けた。

永代寺は、富ヶ岡八幡宮の別当寺院として創建されたこともあり、地続きの同じ敷地にあった。

「お話というのは、登世《とせ》のことでしてね」

菓子と共に運ばれてきた茶で口を湿らせると、山左衛門は静かに口を開いた。

「わたしは、登世に婿を取って『飛驒屋』を続けさせることはやめようかと思うんですよ」

湯呑を手にした六平太は、余りのことに声もなく、山左衛門に眼を向けた。

「以前、『飛驒屋』の暖簾を任せようと、知り合いに勧められるまま、登世に婿を取ったことがありましたが、あれは、人任せにしたわたしのしくじりでした」

「しかし、愛想をつかした登世さんは、迷いもせずに追い出してせいせいしたようですから、ひとつ世間を知ったということで、今更悔やむことではありますまい」

六平太は正直な思いを口にした。

婿になったその男とは面識があったが、うじうじと煮え切らない性分で、登世にしても苛々《いらいら》するだけの亭主だったらしい。

「いや、秋月さん、わたしは悔やんで言ってるんじゃないんですよ」

山左衛門は、小さな笑みを浮かべ、

「今年になってからというもの、深川の幼馴染みたちと、『いかず連《れん》』なるものを作って、芝居見物や花見にと動き回っているのを見ていますと、登世に手綱を掛けるのは諦《あきら》めるしかないように思うんです。聞くところによれば、『いかず連』に名を連ねている娘さんたちが声高に言っているのは、親や周りにお膳《ぜん》立《だ》てされた嫁入りにも、お店の暖簾を守るためにと説き伏せられての婿取りにも応じず、顔を上げて独り身を通そうということのようです」

山左衛門が『いかず連』について語ったことは、六平太が登世から聞かされたことと、主旨としてはほぼ同じだった。

「それじゃ、『飛騨屋』の暖簾は山左衛門さんの代で——？」

「いえいえ、『飛騨屋』の看板を下ろすのではありません」

山左衛門は、六平太の問いかけを、急ぎ打ち消して、

「わたしは、あくまでも『飛騨屋』を任せられるという人物を探し出すつもりです。登世の婿にということではなく、わたしがこれと思う相手を養子にして、その養子には他所《よそ》から嫁取りをさせるのです。そうすれば、登世は、『飛騨屋』を継がなければならないという重荷を、両肩から下ろせるんですよ。そうなったら、あとは登世の好きにすればいい。独り身を通してもいいし、好いた男が現れたら家を出て、所帯を持ってもいいんです」

「そういうことですか」

六平太の口から、呟きのようなものが洩れた。

「そういう考えに至ったら、不思議なもので、わたしの肩からも重荷が取れて、ふっと気が楽になってしまったんですよ」

穏やかな笑みを顔に湛《たた》えた山左衛門が、両手に包んだ湯呑の茶を、ズズと、音を立てて飲んだ。

「よくまぁ、決断なさいました。山左衛門さんには、頭が下がります」

言葉通り、六平太は小さく頭《こうべ》を垂れた。

「そう言っていただけるなら、秋月さん」

「はい」

「なにも商人と限らず、秋月さんの眼から見て、これぞという男がおありになれば、是非とも登世に引き合わせてやっていただきたく、お願い申し上げます」

「承知しました」

六平太は、傍に湯呑を置いた山左衛門に向かって、きっぱりと答えた。

神田川に架かる新《あたら》シ橋《ばし》を渡った六平太は、川の南岸の柳原《やなぎわら》通を突っ切って、豊島《としま》町を南北に貫く通りに入った。

昼を過ぎた頃から鉛色の雲が空に張りつき、時折寒風が土埃《つちぼこり》を巻き上げて通り過ぎていた。

寒風は、浅草元鳥越町《もととりごえ》の『市兵衛店』にいた時分から強くなり、朝方干した洗濯物が風に翻っているのを見て、六平太が急ぎ二階の物干し台に出て取り込んでいると、

「秋月六平太様のお住まいはこちらでしょうか」

足元の路地から男の声がしたのだ。

「秋月はおれだが」

返答をした六平太を見上げた担ぎ商いの笊《ざる》屋は、神田岩本《いわもと》町の口入れ屋『もみじ庵《あん》』から言付を頼まれて立ち寄ったといい、

「ええ、急ぎ岩本町の『もみじ庵』にお出で願いますとのことでした」

『もみじ庵』の主、忠七《ちゅうしち》の言付を伝えるとすぐ、立ち去って行った。

これという用事もなかった六平太は、洗濯物を取り込むとすぐ、『市兵衛店』を後にして『もみじ庵』へと向かっていたのである。

豊島町の小道を抜け、藍染川《あいぞめがわ》を渡ってすぐに右へ折れると、弁慶橋《べんけいばし》に至る。

その橋の西の角地に『もみじ庵』はあった。

「ごめんよ」

端の方が色褪《いろあ》せている臙脂《えんじ》色の暖簾を分けて障子を開け、六平太は土間へ足を踏み入れた。

すぐに眼に留まったのは、帳場の机に着いた忠七の傍に座って火鉢にあたっている

女の姿だった。銀朱の地に黒の繋稲妻《つなぎいなずま》の柄をあしらった、派手な着物を身に纏《まと》う女に、いささか覚えがあった。

「お前さん——！」

六平太は、その女が、『いかず連』の一人、深川島田《しまだ》町の刃物屋の娘のお千賀《ちか》だとすぐに気付いて声を上げた。

「しばらくでしたねぇ」

お千賀は、赤い紅をつけた唇を少し歪《ゆが》めて笑みを浮かべると、六平太にしなを作って挨拶《あいさつ》をした。

「なんでまた、ここに」

六平太が不審を口にすると、

「いえね、どうしても会いたいと仰《おつしや》るもんですからね。わたしはね、浅草元鳥越の『市兵衛店』にいらしたらと勧めたんですが、長屋の住人にあれこれ詮索《せんさく》されると秋月さんがご迷惑だろうからと仰って、つまり」

お千賀が口を開く前に、忠七は六平太に向かって、言い訳がましく事の次第を打ち明けた。

「それで、お出《い》でいただいたんです」

お千賀はそういうと、

「折り入ってお話ししたいことがありますから、どこか近くの茶店にでも席を移しましょうか」

窺うように六平太を見た。

「なんなら、わたしは奥に引っ込みますが」

忠七が腰を上げかけると、

「いいわ。『もみじ庵』さんに聞かれてまずいというわけじゃありませんから、秋月様、火鉢の傍にお掛けになって」

六平太に手招きをしたお千賀は、板張りを軽く手で叩く。

お千賀の勧めに従い、六平太は刀を板張りに置いて、框《かまち》に腰を掛けた。

「昨日、『村木屋《むらきや》』のお紋《もん》ちゃんに聞いたんですけどね」

お千賀は、やはり『いかず連』の一人である、深川の料理屋の娘の名を口にした。

「今月の二十日の夕刻に、永代寺の近辺で大捕り物があるそうですね。なんでも、正体の分からない髪切り魔をお縄にするとかなんとか」

「どうしてそれを」

六平太は眉《まゆ》をひそめた。

そのことが深川で広まっているとしたら、髪切り魔の耳にも届く恐れがある。

「ご心配なく。このことを知っているのは、お紋ちゃんと、お紋ちゃんのお父っつぁんだけですから」

「だが、どうして『村木屋』さんが」

「お紋ちゃんのとこは真言宗で、代々、永代寺《えいたいじ》のお檀家《だんか》だもの。お紋ちゃんのお父っつぁんが、お寺の誰かから聞いたのよ、きっと」

少し身を乗り出したお千賀は、六平太の耳元で囁《ささや》いた。

「それで、わたしに話というのは」

「なんとしても、秋月様のお力になりたいんです」

躊躇《ためら》いもなく口にしたお千賀は、背筋を伸ばした。

「力と、いうと」

六平太は口籠《くちご》る。

「誰を狙うか分からない相手を探し回るより、わたしが囮になって永代寺の辺りを歩き回り、髪切り魔を引き寄せるっていう手があると思うんですよ」

お千賀の思い付きに、六平太は返す言葉がなかった。

いつも赤い紅を唇に注《さ》し、色白で目鼻立ちのはっきりとしたお千賀なら、日の落ちた逢魔が時には目立つ存在になる。

年は『飛騨屋』の登世と同じ二十一だが、冷静で度胸もあるから、囮にはお似合いではある。

とは言え、髪切り魔が眼をつけるかどうかは、色恋と同じで思案の外ということもある。

それに、これまで髪切り魔が狙った娘は、十六、七の娘盛りばかり――そのことを言おうとした六平太は、辛《かろ》うじて思い留まった。

「そのことは、おれの一存じゃなんとも言えないねぇ。その日、捕り物を指図するのはお役人だから、お千賀さんから聞いた手立てについて、一応、話はしてみるがね」

六平太が事を分けて話すと、お千賀は満足そうに大きく頷いた。

五

大川《おおかわ》が海に流れ込む霊岸島《れいがんじま》近辺に近づくと、潮の香が強くなる。

日本橋川に沿って小網《こあみ》町を大川の方に向かった六平太は、行徳《ぎょうとく》河岸に架かる崩橋《くずればし》を渡って、北新堀《きたしんぼり》町を永代橋の方へとゆっくり歩を進めた。

『本日九つ、霊岸島北新堀町の料理屋『志のぶ』で昼餉《ひるげ》をご一緒したいと思います。登世』

今朝、六平太が遅い朝餉を摂《と》っていると、木場の材木商『飛騨屋』の登世から頼まれたという文《ふみ》を届けに、筋骨たくましい船人足が『市兵衛店《いちべえだな》』に現れ、

「お嬢さんは、日本橋に買い物に出た帰りだそうで、料理屋でお待ちするということでした。来られるかどうかの返事はいりませんということでしたので、おれはここで」

木場から船で木材を運ぶ途中だと言った船人足は、急ぎ浅草御蔵《おくら》の方へ駆け去ったのだ。

『もみじ庵』でお千賀と会った日から二日が経っていた。

返事はいらないという登世の言付は、いささか不気味だった。

『どちらにしろ、わたしは行ってます』と言っているのと同じで、六平太にすれば脅し文句にしか思えない。

そのうえ、『いかず連』の女から立て続けに呼び出されたことも、嫌な予感に襲われていた。

断わればどんな目に遭うか知れず、登世の申し出に応じるほかなかったのだ。

北新堀町は霊岸島新堀の北岸にあって、永代橋西詰の広小路と隣り合っていた。

永代橋を渡って深川の木場に帰る登世には、都合のいい場所である。

通りに面した料理屋『志のぶ』に入って登世の名を伝えると、年の行った女中の案内で、二階の六畳の小部屋に通された。

「お久しぶりです」

登世は、向かいに膝《ひざ》を揃えた六平太に、愛想のない声を掛けた。

「は」

六平太も、気のない返事をした。

木場に呼び出しを受けて、今月の五日、洲崎《すさき》弁財天で話をしたというのに、「久しぶり」とは、登世の真意が分からぬ。

「すぐに膳の用意を致しますので」

六平太を案内した女中がそういうと、廊下に待機していた若い女中と二人して部屋に膳《ぜん》の物を運び入れ、あっという間に、六平太と登世の前に料理を整えた。

その間、顔を固くした登世から、一言も声が出ない。

「何か御用の時はお声を」

年の行った女中は両手を突いて挨拶し、「ごゆっくり」と言い置いて、若い女中とともに部屋を出て行った。

「いただきます」

小さな声でそういうと、登世は、六平太に構うことなく料理に箸をつける。

「それじゃ、遠慮なく」

独り言のような呟きを洩らすと、六平太も料理に取り掛かった。

息詰まるような無言の中、六平太は、平静を装って食べ続けた。

膳の物を半分くらい食べたころ、

「どうして、永代寺の髪切り魔の囮が、お千賀なのでしょうか」

膳に箸を置いた登世が、鋭い声を六平太に向けた。

あぁ、やはりそのことか——昨日から予想出来なくもなかったのだ。

『もみじ庵』でお千賀と会った次の日の夜、夕餉の残りの煮豆を肴《さかな》に燗酒《かんざけ》を飲んでいると、仕事帰りの三治《さんじ》が六平太の家を訪ねて来て、

「『村木屋』のお紋ちゃんから聞きました」

何やら曰《いわ》くありげな物言いをした。

するとすぐに、

「なんでも、刃物屋のお千賀さんを囮にして、髪切り魔を捕まえるそうじゃありませんか」

とまで口にした。

「三治」

思わず声高に言うと、

「さっきまで一緒だったお紋ちゃんが、お千賀さんの口から聞いたようですよ」

「なんだと」

呆《あき》れ果てた六平太の声は、少し掠《かす》れていた。

「そんなこと、まだ決まっちゃいないんだよぉ。いったい、どこからどうやって、お紋さんに伝わったんだよ」

「昨日、お千賀さんがふらりと『村木屋』に現れて、これは内緒だけどと釘《くぎ》を刺したうえで、秋月さんに、囮になってほしいと頼まれたって、お紋ちゃんはそう言ってましたがね」

「お千賀が――⁉」

六平太が、喉を詰まらせたような声を出すと、三治は大きく頷いたのである。

お千賀とお紋が知ったからには、登世の耳に届くのも遠いことではあるまい――六平太は昨夜、そんな予感がしていたのだが、案外早く伝わっていた。

「秋月様」

登世の声に、お膳の湯吞に伸ばしかけた手を、六平太は引っ込めた。

「そんな大役をお千賀に頼んで、どうしてわたしには声を掛けていただけなかったんでしょうか」

「いや、それは」

いきなりの鋭い舌鋒《ぜっぽう》に、六平太はたじろいだ。

「わたしでは頼りにならないとお思いになったんですね」

「いやいや、それは違いますよ。囮のことは、当初、誰も考えてもみなかったことなんだよ。事ここに至って、今日の夕刻、お役人、目明かし、火消し人足などに集まってもらい、囮を用いるかどうかを話し合うことになってますから、その結果次第ということになります」

今夕、話し合いの場が持たれると言うのは嘘《うそ》ではなかった。

お千賀から囮になるという申し出があったことを北町奉行所の同心である新九郎に伝えると、

「妙案かもしれません」

との返答があり、急遽《きゆうきよ》、警固に当たる関係者の代表が集まって、協議することになっていたのである。

「囮ごときで、どうして話し合いをしなくちゃいけないんでしょうか」

登世から、浮世離れしたような問いかけが出た。

母親のおかねが浮世離れしていることは、以前から分かっていたが、登世の口からそんな言葉が飛び出そうとは、やはり、血のつながりというものだろうか。

「わたし一人を囮にすると、差し障りがあるということなら、お千賀と二人で永代寺を歩き回っても構いませんけど」

「そういうことじゃないんですよ登世さん。芝居に出て来る話と一緒にしちゃいけません。実際の捕り物となれば、髪切り魔は刃物を手にしてるから、下手をすりゃ、身の危険に晒《さら》されることにもなるんです。そんな時、二人の囮から眼を離しちゃならないとなると大事なんですよ」

六平太は、厳しい声でたしなめた。

その声音に怯んだのか、登世は軽く息を呑《の》んだ。だがそれも一瞬のことで、

「でも、わたしの身は、秋月様が守ってくださるんでしょう?」

問いかけられた六平太は、なんと応えればいいのか、言葉がなかった。

「これまで何度も付添いをお願いしましたけど、危ない眼に遭いそうになった時は、いつも助けて下すったわ」

「ええ、そりゃ」

「だから、わたしが囮になっても、きっと、助けて下さるはずだわ」

「ですがね、髪の毛を狙う下手人の姿形が分からない今、お二人を守り切れるかどうか」

「聞くところによれば、二十日の日は、秋月様はじめ、お役人や深川界隈の目明かし、それに火消し人足や木場の川並衆まで人ごみに紛れると聞いてます。そんな人たちが動いてくださるなら、きっとうまくいくと、わたしは信じるけど」

登世のそんな見解に異を唱えても、おそらく暖簾に腕押しだろうと、六平太は黙るしかなかった。

永代寺門前町は火ともし頃を迎えている。

三十三間堂の方から永代橋の方へと東西に貫く馬場通は、いつもながら多くの人の行き交いがあった。

仕事を終えた職人たちが飲み食いしたり、大川を渡って、深川の花街や岡場所を目指したりする男どもが通りに溢《あふ》れる頃おいである。

永代寺門前町の自身番は、馬場通に面した角地にあり、中に詰めている新九郎、目明かしの久作、南組の町火消『二番組』の鳶頭、善次郎《ぜんじろう》、川並鳶の五郎松、それに六平太の顔が、二つの行灯《あんどん》の明かりに浮かび上がっていた。

新九郎と善次郎、それに五郎松は畳の間に置かれた火鉢のそばに膝を揃え、戸板の取り外された、隣りの三畳の板の間には六平太と久作が、もう一つの火鉢の傍に居た。

「方々には伝わっているかとは思いますが、二十日に現れると思われる髪切り魔に備える手について囮の他に妙案があればそれも伺いたいのですよ」

新九郎が、集まりの主旨について口火を切った。

「昨日聞いたのは、囮になってもいいという女がいるということだったが」

すぐに反応を見せたのは、鳶頭の善次郎である。

「ところが鳶頭、今日になって、もう一人からも、囮になるという申し出があったもんですから、それを受け入れるか、それとも囮を使う案はやめにするかを決めて頂けたらと思うんだが」

六平太は、神妙な物言いをして、一同に頭を下げると、

「囮になると申し出た女は、実は二人とも、秋月さんのお知り合いでして」

久作が事情を告げた。

「なにしろ、娘の大事な髪を切るような下手人は許せないので、囮になってお役に立ちたいなどというものですから、無下に断わるのもなんだと思いまして、一度、皆さんにお諮りしようと、こうして」

六平太は、尤《もっと》もらしい事情を織り交ぜて、諮問に至った経緯を口にした。

「昼間ならともかく、日が西に沈む時分ともなると、永代寺界隈をうろつく娘さんの数は見事に減ります。行楽や参拝に来たような堅気の衆は、夕刻には家路に就くもんです。その時分から深川をうろつき回ろうという女の多くは、訳ありの婦女子くらいのもんです。ですから、囮の二人ぐらい、なんとでもなりますよ。どうです『二番組』の頭」

五郎松が善次郎に話を振ると、

「久作親分はじめ、幾つかの町内の目明かしや下っ引きと、木場の若い衆や火消し人足で、その日は四十人近くが永代寺と門前に紛れることになっております。ですから、

二人の囮の近くにそれぞれ二、三人張り付かせておけば、万一髪切り魔が近づいても押さえ込めます」

善次郎は自信たっぷりに一同を見回した。

「二人の囮にはそれぞれ、秋月様と五郎松さんに付いてもらえば、用心この上ないと存じますが」

「親分、いいことを言いなすった。お二人には囮を見てもらい、矢島様には全体の様子を見て指示を出していただければ、あっしらは如何様《いかよう》にも動きます」

久作の意に賛同した善次郎は、新九郎に向かって、上体を軽く前に傾ける。

「そうやって、髪切り魔が囮に近づけば、袋の鼠《ねずみ》というわけか」

新九郎は呟くと、

「明後日の警固の手順は、大方固まったも同じだな」

自分の膝をポンと軽く叩いた。

「とはいえ、囮の二人に身内があれば、一応、親兄弟に了承してもらった方がいいように思いますが」

思いついた五郎松はそういうと、

「囮になろうという健気《けなげ》な娘は、いったいどこの誰なんで？」

興味を示した善次郎ともども、六平太に眼を向ける。

「秋月さん、是非」

新九郎が、やんわりと促した。

「一人は、深川島田町の刃物屋の娘、お千賀さんで、もう一人は木場の材木商『飛騨屋』の娘、お登世さんでして」

六平太はそういうと、登世とお千賀が『いかず連』という未婚の女たちの集まりを深川で立ち上げている、幼馴染みであることも告げた。

「島田町の刃物屋というと、『梅政《うめまさ》』だな」

五郎松が口にするとすぐ、

「『梅政』の政吉さんには、一言断りを入れておかねぇと、後で恐ろしいことになるし、『飛騨屋』の娘さんなら、山左衛門の旦那に黙って囮になんか出来やしねぇよぉ」

善次郎は、怖気《おじけ》を見せた。

「矢島様に申し上げます」

殊勝な声を出した久作が、畳の間の三人に向かって両手を突くと、

「実は、娘さんが囮にと名乗りを上げられたことは、あとでお知らせするのは何だと思い、『梅政』のとっつぁんにも『飛騨屋』の旦那にも、あっしがすでにお伝えしております」

深々と頭を下げた。

「それで」

新九郎が身を乗り出すと、六平太はじめその場にいた皆が、久作に注目した。

「『梅政』の政吉さんは、うちの娘が言い出したら誰がなんと言おうと曲げることはねぇとのことでした。無理やり押し留めた後のことを考えたら、お千賀のしたいようにやらせるしかないとのことで」

「それで、『飛騨屋』の旦那は」

六平太が久作に尋ねると、

「お役人や、鳶頭や木場の川並鳶がお守り下さるうえに、秋月様がそばに付いてくださるということなら安心ですので、娘の気の済むようにするしかありますまいとのことでした」

なんとも気の重い答えが返ってきた。

「あたしゃ、お千賀さんも登世さんも、子供の時分から知ってはおりますが、修業に出てからの六、七年の様子は分かりませんが、どうやら、向こう見ずな気性は昔のまんまのようですから、お二人に囮になってもらっては如何かと思います。無論、秋月様とあっしで、なんとしてもその二人を守るつもりでおりますんで」

そう口にした五郎松から眼を向けられた六平太は、迷うことなく頷き返した。

五郎松の決意は、万一の時の気懸りを、幾分か和らげてくれていた。

六

先刻まで西の空には赤みを帯びた雲が見えていたが、少し眼を離している間に、その色は消えてしまった。

夕闇《ゆうやみ》が迫る頃には、永代寺境内には雪洞が灯《とも》され、茶店の軒下や小屋掛けの食べ物屋、燗酒売り屋が下げている軒《のき》行灯の明かりに、のんびりと行き交う人々の顔が浮かび上がっている。

先月の初めから続いていた娘の髪切りという事件が、この日も起きると目されている十一月二十日の、いわば逢魔が刻である。

刀を差した着流し姿の六平太は、笠を被らず、顔を晒している。

六平太の眼は、七、八間（約十二・六から十四・四メートル）先をのんびりと歩くお千賀の背中を捉《とら》えていた。

お千賀の身を包んでいるのは、いつもの鮮やかな色合いに大胆な柄物ではなく、一《いっ》斤染《こんぞめ》に色とりどりの花柄を散らした、いわば、娘好みの着物だった。

半刻前、囮役の登世とお千賀、その二人を密かに警固する役目の六平太と五郎松は、永代寺の庫裏の一室に集まった。

そこには、六平太と五郎松から間を取って警戒に当たる四人の火消し人足と川並鳶が、遊び人のような着流し姿で控えていた。

そこへ、新九郎と年下の同心が現れると、五郎松が役目と名を挙げて、それぞれを引き合わせた。

「ちょっと言わせてもらいたいんだが、お千賀さん、その着物はなんとかなりませんかね」

庫裏の一室に入ってすぐに気になっていたことを、六平太は恐る恐る口にした。

「え。この着物の何がいけないんです」

色めき立ったお千賀は、白抜きで染められた三枡《みます》の文様が、深川鼠《ふかがわねずみ》の裾《すそ》から肩へと立ち上がっているものを身に纏っていた。

「お千賀ちゃん、その三枡の柄は団十郎《だんじゅうろう》の紋でしょ」

「それがなにさ。登世ちゃんだって、いつもおなじみの花柄じゃない」

お千賀は口を尖《とが》らせた。

「まぁまぁ」

間に入った六平太がお千賀を静めると、今夜はいつも通りではならないのだと諭したのだ。

お千賀がいつも身に纏う大胆な柄では、鉄火肌の伝法《でんぽう》な女だと見て、髪切り魔は用心して、近づくのを避けるに違いない。

「それでは、囮の役目は果たせないので、お千賀さんには辞退していただくしかないのだが」

六平太の言い分を聞いたお千賀は、

「お紋ちゃんから着物を借ります」

そう言い放つと、二ノ鳥居近くのお紋の家に行ってもらいたいと、着物に異を唱えた六平太を名指しした。

それに応じた六平太が、お紋に事情を話して花柄の着物を借り受けた後、庫裏の一室に戻ると、支度の出来ていた登世は、五郎松と火消し人足、川並鳶の二人とともに表に出て行ったばかりだったのである。

六平太は、境内を歩くお千賀の背後で、付かず離れず歩きながら、周辺をさりげなく窺う。

祭礼などで混み合う寺社に行く婦女子を守る、いつもの付添い稼業と同じ要領である。

境内のそこここに、手妻《てづま》師の妙技や蝦蟇《がま》の油売りの紙切りに見入っている人たちがいる。

人の集まるところには、因縁を吹っ掛けて金品を強請《ゆす》り取る輩や、懐《ふところ》を狙う掏摸《すり》が眼が光らせているに違いない。

頭に被った染みの付いた手拭いの端を口に挟んだ女が、ふらふらと人の間をすり抜けているのが眼に入ったが、どうやら、客を探す夜鷹《よたか》のようだ。

酒に酔った三人の男どもが年増《としま》女に声を掛けた途端、下駄で蹴《け》とばされ、千鳥足で逃げていく。

境内を一回りすると、先刻よりも人の数はかなり減った。

「編み笠の侍が三人、さっきから付けてます」

そう声を掛けたのは、六平太の横で歩調を合わせている久作だった。

「狙いはお千賀か、それともおれか」

「分かりませんが、あっしも眼は離しませんので」

囁く声を残して、久作は離れた。

六平太とお千賀の間を、継《つ》ぎ接《は》ぎの着物を纏った女や盗人被りをした男など、様々な連中が横切っていく。

その時、お千賀が向かう行く手に、門前町の方から小橋を渡って境内に入って来る登世の姿が遠眼に見えた。

登世の背後には、半纏《はんてん》を着た五郎松がさりげなく付いている。

「秋月殿、お待ちを」

背後から男の声がして、六平太の前に立ちはだかった侍が三人、急ぎ編み笠を取った。

「お前ら」

六平太は、三人の侍に見覚えがあった。

笹郷藩の江戸下屋敷詰めの、川村直次郎《かわむらなおじろう》、山中百助《やまなかももすけ》、稲留力蔵《いなとめりきぞう》である。

「ここへ何しに現れた」

「折り入ってお話が」

川村がいうと、

「秋月さんなら、今夜は永代寺かもしれないと、『もみじ庵』の親爺《おやじ》さんが口にしたので」

気負い込んだ百助は前のめりになった。

「今は忙しい。日を改めろっ」

低く鋭く声を発した六平太の眼が、登世の方に近づいていく綿帽子を被った女の後ろ姿を捉えた。白い布地の端を顎で結んだ綿帽子被りは、頭髪を隠している。

次の瞬間、綿帽子の女は後ろで結んだ帯に手を伸ばし、鈍く光る物を取り出した。

雪洞の明かりを撥《は》ね返した光る物は、剃刀《かみそり》のようである。

「五郎松、綿帽子の女だ！」

六平太は呼びかけると同時に駆け出した。

綿帽子の女は登世の背後に迫り、突き出た髷に左手を伸ばして摑むと、右手の剃刀を振り上げた。

その時、五郎松が剃刀を振り上げた女の腕を摑むと、その場に押さえ込んだ。

そこへ駆けつけた六平太が、顔を確かめようと綿帽子を引っ張ると、白地の布には黒髪が付いていた。

五郎松に腕を摑まれて小さく唸る女の頭はつるりと禿《は》げていて、髪の毛がなかった。


馬場通にある自身番は、先日、囮についての話し合いをした番所だった。

出入り口である上がり框の障子は閉められているが、歓楽の地でもある門前町界隈は、夜の帳が下りても、人通りが絶えることはなかった。

炭火の置かれた火鉢に掛けられた鉄瓶が、微かにチンチンと湯の音をたてている。

畳の間に置かれた火鉢の横には新九郎が座って、その向かいに綿帽子を被った女が項垂《うなだ》れており、六平太と久作は隅の方に控えていた。

登世とお千賀は、四半刻前、五郎松に頼んでそれぞれの家に送り届けさせていた。

ほんの少し前、永代寺から、五つ（八時頃）を知らせる時の鐘が届いたばかりである。

「竹《たけ》と申します」

綿帽子の女は、取り調べに当たった新九郎に、自分の名を述べていた。

南品川宿に住む、二十七になる独り身の女だった。

「立て続けに娘の髪を切るようになったのは、なんとしたことか、申し述べよ」

新九郎に問われたお竹は、ひとつ大きく息を吸うと、

「三年前から、少しずつ髪が抜けるようになったのでございます」

静かに口を開いた。

すると、五年前に所帯を持っていた漁師の亭主は気味悪がって、お竹を避けるようになったという。

何日も家を空けるようになってから半年後、亭主は品川から姿を消した。

亭主の漁師仲間に聞くと、宿の飯盛《めしも》り女と二人で、どこかへ逃げたらしいということだった。

亭主に逃げられた心痛も重なったのか、それから半年もすると、頭からはすべての髪の毛が抜け、つるっ禿になった。

周りの者は、何かの祟《たた》りだとか恐ろしい病に罹《かか》っただのと陰口を叩いたが、お竹には大病を患った覚えはなかった。

ただ、毛が抜け始める少し前に、熱に浮かされて五、六日も寝込み、医者が処方した薬湯を呑み続けたことはあった。

「独り身になって、なんとしたのだ」

新九郎の問いに、

「自分で稼がなければなりませんから、宿の旅籠《はたご》に住込んで、台所女中になりました」

お竹はそう述べた。

「台所で仕事をしていれば、他の人の眼に留まることもないし、頭には一日中手拭いを被っていられますから」

そう言って俯《うつむ》くと、お竹は小さくはぁと息を吐いた。

「一年ばかりしてから、出入りの魚屋と所帯を持たないかと話がありましたけど、頭に毛がないということが知れて、破談になりました。台所仕事をする女中仲間たちは、陰でこそこそいう人はいませんでしたけど、出入りの酒屋とか米屋の車曳《ひ》きたちは、気味悪いだの、昔の悪縁が今になって祟っているに違いないとかいうのが耳に入って来てました。祟りがあるならそれを追い払ってほしくて、品川宿のお地蔵さんに頼みに行ったんです。そしたら、そこのお地蔵さんの頭にも毛がなくて、がっかりしたのを覚えてます。毛のないお地蔵さんに、毛を生やしてくださいと頼んでも、それを聞いてくれるかどうか信用ならなくなってしまったんです」

そこで大きく息を継いだお竹は、

「でも、わたしがお地蔵さんに帽子代わりの鬘《かつら》をかぶせてやれば、それが功徳《くどく》となって、わたしの頭に髪の毛が生えるのじゃあるまいか。そう思ったら、そうしないではいられない気持ちになって、方々の六地蔵さんにお参りに行った先で、一人歩きの娘さんの髪を切り取るようになったんです」

犯行に至る経緯を自白した。

「六地蔵の近くで髪を切ったのが、一日と十日と二十日だったのは、どうしてだ」

新九郎の問いかけに、お竹は一瞬きょとんとしたが、

「あぁ」

と声を洩らして、

「その日は、月に三日ある早番の日で、昼過ぎの八つから夜までは、出歩くことが出来たのです」

素直に答えた。

「お前さん、これまで集めた髪はどうしたんだい」

六平太が口を挟むと、「それが」と呟いたお竹は俯き、懐に仕舞っていた黒いものを畳の上に置いた。

それは、鳥の巣のように編まれた黒髪だった。

「鬘を作ろうとしたのですが、五ヶ所で切り取った髪の毛の量ではたった一つの鬘さ

え も結えませんでした」

声を詰まらせたお竹は、鳥の巣のようなみすぼらしい髪を摑むと、思いっきり何度も引き千切った。

ボロ屑《くず》のような髪の毛が、お竹のむせび泣きと共に、畳の上に無残に散らばった。

馬場通の自身番を出た六平太は、その足を木場に向けた。

『飛驒屋』に今日の内に顔を出して、囮になった登世に礼を述べ、父親の山左衛門には一言詫《わ》びを入れておこうと思い立ったのだ。

『飛驒屋』の表は大戸が下りていたが、横手の路地の奥から塀の中を覗くと、戸口の近くの台所の障子の中には明かりがあった。

「ごめんよ」

戸口に近づいて小声を発すると、

「はい」

中から、聞き覚えのある女の声がした。

「秋月だが」

「あら」

そんな声を出した古手の女中のおきちが、開けた戸の隙間《すきま》から顔を突き出した。

「お上がりになりませんか」

「いやぁ、来てはみたものの、刻限が刻限だしな」

六平太が躊躇《ちゅうちょ》すると、

「秋月様、お嬢さんを無事に戻して下すって、ありがとうございましたね」

謝辞を述べたおきちは、

「それにしても、髪切り魔が女だったとは驚きでしたが、どうなるんでしょうね」

好奇心を露《あら》わにして声を低めた。

「髪を切っただけで、人を傷つけちゃいないから、入牢《じゅろう》の上に江戸払いぐらいで済むんじゃないかねぇ」

六平太はそう推測したが、根拠はなかった。

その時、建物の奥の方から登世と思《おぼ》しき笑い声があがり、何か物を言う男の声も届いた。

「山左衛門さんの声じゃないね」

「ほら、お嬢さんを送り届けて下すった、木場の川並鳶の若い衆ですよ」

「あぁ」

六平太は、それが五郎松だと得心したが、まだ居続けていたとは意外だった。

「秋月様は、お千賀の方ばっかり気にして、わたしのことはほったらかしだったんだから」

登世の不満げな声が、奥の方から届くと、

「そんなことはありませんよ」

登世の物言いをたしなめるような五郎松の声も聞こえた。

「今から浅草元鳥越町にお帰りだと遅くなりますけど、秋月さん少しだけでもお上がりになりませんか。旦那様もおかみさんもおいでですから」

おきちに誘われたが、

「いや。遅いし、やはり今夜は帰るよ」

小さく笑って戸口を離れかけた六平太は、ふっと足を止め、

「おきちさん、今夜おれが来たことは、みなさんにはひとつ」

そういうと、唇に指を一本立てた。

「お出でになったのにどうしてお通ししなかったのかって叱られますから、内緒に出来れば、わたしも助かります」

おきちは、ふふふと含み笑いをすると、大きく頷いた。

六平太も笑みを浮かべて片手を上げると、塀の潜《くぐ》り戸から路地に出た。

永代寺門前町の方へ足を向けた六平太は、三十間川《さんじっけんがわ》に架かる汐見橋《しおみばし》の上でふと足を止めた。

波のない川面《かわも》に、冬の月が浮かんでいた。

お竹の刑罰を聞かれて、六平太はおきちにいい加減な返答をしたが、死罪や遠島にならないことははっきりしていた。

追放の刑を受けても、何年かすれば江戸に戻って、以前の暮らしが出来ることもある。

それも、生きていればこそである。

もし、もう一度お竹に会うおりがあれば、仏門に入るよう勧める気になっていた。

尼寺なら、今後一切、髪がないことを気にすることはないのだ——胸で独り言を発すると、六平太は急ぎ橋を渡り切った。

カーン、カーン、三十三間堂の方から拍子木の音が響き、

〜火の用心さっさりましょう、火の用心〜

よく通る男の若い声がしたが、やがて、闇の向こうに遠のいて行った。

第三話　内輪揉め

一

あと九日もすれば、月が替わって師走となる。

寒さが厳しくなるこの時季になると積雪も見られ、急遽《きゆうきよ》、雪見の付添いの声が掛かることがある。

雪見の名所としては、上野《うえの》山内や不忍池《しのばずのいけ》、道灌《どうかん》山、それに雪見寺とも呼ばれる、日暮里《にっぽり》の浄光寺《じようこうじ》などがあった。

十一月二十二日の午後、秋月六平太《あきづきろっぺいた》は高輪《たかなわ》からの帰りに、神田岩本《いわもと》町の口入れ屋『もみじ庵《あん》』に立ち寄った。

高輪の寺に墓参をする老夫婦に付添い、日本橋の住まいに送り届けた帰り道だった。

「墓参の行き帰り、ご隠居夫婦に変わったことはございませんでしたか」

帳場に着いていた『もみじ庵』の主《あるじ》、忠七《ちゆうしち》は、付添い料の一朱（約六千二百五十円）を六平太に差し出しながら、丁寧な物言いをした。

「特になかったな」

一朱を受け取った六平太は、あっさりと返事をした。

「ご隠居から直《じか》に、草鞋《わらじ》銭とか煙草《たばこ》銭とかを受け取ったりなど、なさってはいませんね」

言葉は丁寧ながら、忠七の物言いはやけにねちねちしている。

「もらったらもらったと、いつも、正直に知らせてるよぉ」

苛立《いらだ》ちを抑えきれず、思わず伝法《でんぽう》な物言いになった。

すると、忠七はジロリと土間に立っている六平太に眼を向けた。

「なんだよ」

六平太が小さく口を尖《とが》らせると、

「秋月さん、『飛驒屋《ひだや》』の登世《とせ》さんと、なにかありましたか」

忠七は突然話を変えた。

『飛驒屋』とは木場《きば》の材木商の屋号であり、登世というのはその家の一人娘である。

「なにもないよ」

六平太は、つっけんどんな返答をした。

すると忠七は、

「正直に言ってくださいませ」

と、六平太の答えには納得がいかないとでもいうように、言葉を荒らげた。

「親爺《おやじ》、いったいなんだっていうんだよ」

六平太はついに、苛立ちを露《あら》わにした。

すると忠七は、わざとらしく「はぁ」と息を吐くと、

「ほんの少し前、登世さんの使いという木場の男が来まして、二十五日に行くことになっていた『いかず連《れん》』の芝居見物の付添いを断わると言うじゃありませんか」

「なに――?」

六平太は、掠《かす》れた声を出した。

『いかず連』というのは、『飛騨屋』の登世が、深川《ふかがわ》の幼馴染《おさななじ》みたちと語らって出来た集まりで、嫁入りなどせずに独り身を通そうという旗印を掲げていた。

花見や虫聞きなど、その時々の行楽、それに名のある料理屋での飲食などの付添いには、必ず六平太に声が掛かっていたのだ。

今月の顔見世興行の芝居見物は先月から決まっていたことだった。

「忠七さん、どうしておれが断わられたんだよ」

「知りませんよ。秋月さんなら、思い当たる節でもおありになると思ってお尋ねした

んじゃありませんか。なにか、登世さんと不仲になったわけがあるはずなんですよ」

「ないよ」

六平太は咄嗟に返事をしたが、すぐに、二日前の一件が頭を過《よぎ》った。

先月から続いていた、娘が何者かに髪を切られるという騒ぎが、深川の永代寺《えいたいじ》でも起きるかもしれないと推察《すいさつ》されたため、六平太は、同心の矢島新九郎《やじましんくろう》や土地の者たちと警戒に当たることになった。

その折、『いかず連』の一人であるお千賀《ちか》が、髪切りの下手人を引き寄せる囮《おとり》となって永代寺近辺を動き回ると、六平太に申し出たのである。

すると、それを聞きつけた登世から、

「どうしてわたしには声を掛けていただけなかったんでしょうか」

恨みの声を向けられた。

結局のところ、お千賀と登世の二人に囮を務めてもらったのだが、恐らく、このことで六平太は登世の不興を買ったものと思われる。

「そうすると、芝居見物は『いかず連』の女たちだけで行くわけか」

独りごちると、「ふう」と小さく、ため息を洩《も》らした。

「いいえ。こたびは、芝居見物に行くこと自体が、取りやめだということです」

思いもよらない忠七の返答に、六平太は首を捻《ひね》った。六平太の付添いを断わるというのなら分かるが、芝居見物を取りやめるとは、妙であった。

「もしかして、『いかず連』の女子衆《おなご》と揉《も》め事でもありましたので？」

忠七からそんな問いかけがあったが、揉め事という揉め事は、これといってなかったはずだと、六平太は自信なげに首を傾《かし》げた。


居酒屋『金時《きんとき》』は、鳥越《とりごえ》明神前からほど近い寿松院《じゅしょういん》門前に面している。

六平太が住む『市兵衛店』から近いこともあり、浅草元鳥越町の近隣で飲み食いするのは決まって『金時』だった。

日が落ちてから半刻《はんとき》（約一時間）以上も経《た》つ店の中は、七分ほどの客たちの話し声や笑い声で賑《にぎ》やかである。

賑やかではあるが、煙たい。

冬場は戸口を開けっぱなしにするわけには行かず、煮炊きをする板場の煙が店内に溜《た》まる。

板場の天井と土間の奥の裏口近くに煙出《けむだ》しの小窓があることはあるが、ほとんど役には立たない。

天井から下がっている八方の明かりも煙に負けて、少し離れた場所にいる客の顔もぼんやりとしか見えない。

板場に近い土間近くの入れ込みに陣取っていた六平太には、胡坐《あぐら》をかいている大道芸人の熊八《くまはち》と、梅幸茶の羽織を着た噺家《はなしか》の三治《さんじ》の顔は、はっきりと見えている。

六平太が『金時』に入ったのは、ほんの少し前である。

付添いの帰りに立ち寄った口入れ屋『もみじ庵』を後にした六平太は、日の高いうちに『市兵衛店《いちべえだな》』に帰りついていた。

明るいうちにのんびり出来るのは久しぶりということもあって、夕刻、まだ日のあるうちに浅草御蔵前、森田町《もりたちょう》の『よもぎ湯』に出かけたのである。

だが、湯屋を出て、『市兵衛店』に帰り着くと、井戸端も路地も夕闇《ゆうやみ》に包まれており、明かりが点《つ》いていたのは、大家の孫七《まごしち》と大工の留吉《とめきち》の家の二軒だけだった。

路地の一番奥の左側にある二階家に入った六平太は、湯屋から持ち帰った手拭《てぬぐ》いを流しの脇《わき》に掛けると、行灯《あんどん》に火を灯《とも》した。

湯屋から持ち帰った風呂敷《ふろしき》包みから、着替えた襦袢《じゅばん》や褌《ふんどし》を出して洗い桶《おけ》に放り込んでいると、

「おや、お帰りでしたか」

半分開いた戸口の障子から、明るい黄丹《おうに》の羽織を着た噺家の三治が顔を突き入れた。

「いいとこへ帰ってきた」

六平太がそういうと、

「よっ、待っていたとはありがてぇ」

三治は、芝居じみた台詞《せりふ》を吐きながら土間に入り込んだのだ。

「お前さんに、いろいろ聞きたいことがあるから、今夜あたり、『金時』でもどうかと思ってね」

「へい。お供しやしょう。ですが、一旦《いったん》家に戻りまして着替えなどありますから、秋月さんは先に行っていてください。すぐに追いかけますから」

その申し出を聞いた六平太は、

「おれが出た後、熊さんと留さんが戻ってきたら、一声かけてみてくれ」

そんなことを三治に言付けて、一足先に『金時』に向かったのである。

羽織を着替えた三治が熊八を伴って現れたのは、六平太が『金時』のお運び女のお船《ふね》に、酒と料理の注文を出してすぐのことだった。

「留さんはまだ帰ってなかったのか」

六平太が尋ねると、

「出がけに帰って来たから、誘ってみましたがね、うじうじと、はっきりしませんでね」

三治からそんな返事があった。

「お常《つね》さんは怖いからねぇ」

熊八が口にしたお常というのは、留吉の女房である。

「でもね、気が向いたらお出《い》でよと留さんに声を掛けたにもかかわらず、戸口の隙間《すきま》からわたしと留さんを睨《にら》んでいただけで、お常さんは、何も口は挟みませんでしたがね」

「三治さん、いつもはうるさい女が黙る時が、男には恐ろしいのですよ」

熊八が、珍しく男女の機微に口を挟んだ。

「なるほど、熊さんのいうのもごもっともですな。よっ」

そういうと、三治は熊八に向かってひとつ手を打った。

「おまちどおさま」

土間から板の間に上がってきたお船が、徳利《とつくり》やぐい飲み、箸《はし》や料理の皿を目いっぱい載せた乱箱のようなものを板張りに置くと、

「熊さん、みんなに回して」

寒念仏の修行僧らしく薄衣を纏《まと》った熊八に、料理の皿を配るよう促す。

熊八は冬になるとよく寒念仏の装《な》りをして家々の門口に立ち、鉦《かね》を叩《たた》き念仏を唱えて、布施米や銭を得ている。

着ている衣が薄ければ薄いだけ、人々は寒さに堪えて歩く修行僧に心を寄せ、喜捨を惜しまないのだと、熊八から聞いたことがある。

消えた。

徳利や料理の器を並べ終えたお船は、他の場の空いた器を回収して回り、板場へと消えた。

「それじゃ、ごゆっくりね」

「それじゃ、ひとつ」

みんなに酌をし終わった三治の声で、三人はぐい飲みを軽く掲げてから口へと運ぶ。

「あとはいつも通り手酌だぞ」

六平太が釘《くぎ》を刺すと、「分かってます」「へい」と返事をした三治と熊八は、料理の皿に箸を伸ばした。

大根、芋、人参《にんじん》とこんにゃくの煮つけ、炒《い》り豆腐、鰯《いわし》の甘露煮などが三人の真ん中に置かれて、ほんのりと湯気を立てている。

「秋月さん、あたしに聞きたいことがあると仰《おっしゃ》いましたが」

炒り豆腐を自分の小皿に取り分けていた三治が口を開いた。

六平太は、自分が付添うことになっていた「いかず連」の芝居見物が、突如として取りやめになったことを告げ、

「どうして、間近になって取りやめになったか、そのあたりの事情をお紋さんから何か聞いちゃいねぇかねぇ」

そう問い直した。

『いかず連』の行楽などの付添いを何度か引き受けたことのある六平太は、それが如何《いか》に骨折りか、身に染みていた。

かれこれ三月ほど前、浅草七福神参りから、深川に戻った後の酒宴までのまる一日の付添いに、三治を同行させたことがあった。

本業の噺家のほかに、お座敷に呼ばれて幇間《ほうかん》の真似事《まねごと》もしている三治を伴えば、六平太の気苦労は半減する筈《はず》だとの目論見《もくろみ》があったのだ。

それは、思いのほかうまく行った。

うまく行ったのは六平太だけでなく、三治にも及んだ。

『いかず連』の一人である、深川の料理屋『村木屋《むらきや》』の娘、お紋《もん》と親しくなった三治は、その後、逢引《あいび》きを重ねるような仲になっていたのである。

「いいえ。お紋ちゃんからそのことについちゃ、なにも聞いてませんがねぇ」

小首を傾げた三治は、ぐい飲みに残っていた酒を呷《あお》ると、

「ただ、『いかず連』のおしのちゃんに縁談が持ち上がったって話は、お紋ちゃんから聞いてます」

三治がいうおしのというのは、門前仲町の瀬戸物屋の娘で、片方の肩が怒ってでもいるような、今年二十三になる『いかず連』では一番年かさの女だった。

「それで、内輪揉めでもしたのか」

「いや、揉めはしません。ただ、おしのちゃんが縁談の相手と密《ひそ》かに会ったらしいという噂《うわさ》が、『いかず連』の間に広がりました」

三治はなぜか、声をひそめた。

「だがよ、嫁入りさえしなきゃ、色恋や逢引きは一向に構わないというのが『いかず連』の取り決めだったはずだろう」

六平太は、自分のぐい飲みに酒を注ぎながら呟《つぶや》いた。

「それがね、色恋逢引きはいいが、縁談ともなると、これは嫁入りに向けての始まりだと、登世さんが口を尖らせてるようで」

さらに声を低めた三治は、困ったもんだというように、眉間《みけん》に皺《しわ》を寄せて頷《うなず》いた。

「つまり、それはやはり、内輪揉めというものでしょうなぁ」

少々のことでは動じない熊八が、いつものようにのんびりとした声を出すと、煮物のこんにゃくを口に放り込んだ。

「するとあれかなぁ。『いかず連』に隙間風が吹いて、芝居見物どころじゃなくなったってことですかねぇ、秋月さん」

三治に顔を覗《のぞ》き込まれたが、六平太は、

「ううん」

小さく唸《うな》っただけで、なんとも判断が付きかねた。

近くで飲んでいた職人らしい男たちから笑い声が上がった。

入り口の戸が開いて、武家屋敷の中間《ちゅうげん》が三人、店の中に飛び込んできた。

「いらっしゃい」

出迎えたお船が、〈上がれ〉というように、板の間を指し示す。

中間とともに入り込んできた風が、少しばかり店内の煙をかき混ぜた。

「なーべやーきうどーん、うどーんなーべやーきうどーん」

鍋焼《なべや》きうどん屋の売り声が、浅草御蔵の方へと遠のくとすぐ、

「えー、つけぎっ、えー、つけぎっ」

付け木売りが、珍しく夜の町を歩いている。

いつもは夕餉《ゆうげ》時までには姿を消す付け木売りだが、今日は売れ残りがあったようだ。

「わたし、ちと気になるんですがね。この一日二日、留吉さんがふさぎ込んでるようでして」

熊八はやけにひそやかな声を出した。

「夫婦仲に罅《ひび》が入りましたかね」

三治が茶々を入れると、

「だったらお常さんの怒鳴り声が聞こえるはずだが、いまのところ、その気配もないのです」

熊八は冷静な物言いをした。

「酒好きの留さんが、ここに姿を見せないというのも、気懸りと言えば気懸りだが」

呟くようにいうと、六平太はぐい飲みをゆっくりと口に運んだ。

二

『市兵衛店』の路地にみぞれが降っている。

六平太は昨夜、思いのほかの寒さに何度も眠りを妨げられた。

押し入れから上掛けを出して掻巻《かいまき》に重ねたおかげで、やっと朝まで目覚めずに済んだ。

土間にしゃがみ込んだ六平太は、竈《かまど》の火熾《ひおこ》しに難儀していた。

付け木が湿っているのか、一旦付いた炎がなかなか燃え広がらず、くべていた薪からは煙しか出ない。

火吹き竹を使って息を吹きかけると、ボッと音を立てて、薪に火が付いた。

「よし」

思わず声を上げた六平太は、水を満たしていた釜を竈に掛けるとすぐ、大きく戸を開け、次に流し台の脇の小窓も開いた。

みぞれの降り続ける路地に、籠っていた煙が流れ出て行く。

とっくに夜は明けているものの、日の射《さ》さない路地は薄暗く、何刻《なんどき》なのかさっぱり見当がつかない。

家の中の煙が薄れたと見るや、急ぎ、小窓の障子と戸口を閉めた六平太は、土間の框《かまち》に腰掛けて、天井に向けて「ふう」と息を吐く。

昨夜、三治や熊八と行った居酒屋『金時』から、結び飯と煮魚、それに新香を持ち帰っていたので、朝餉の支度をすることはない。

湯が沸いたら茶を淹《い》れ、のんびりと朝餉を摂《と》るばかりだった。

「なんだいなんだい、そう何度もため息をつくんじゃないよっ」

突然、けたたましいお常の怒声が飛び込んできた。

「みぞれなんかに降られちゃ仕事に出られねぇから、ため息だけでも出してやろうと思っただけじゃねぇか」

すかさず留吉が言い返すと、

「嘘《うそ》つけっ」

お常の声には迷いも躊躇《ためら》いもない。

六平太は傘も差さずに路地へと出ると、井戸に一番近い留吉の家の戸を開けた。すると、土間に立っていた熊八が、

「朝餉を摂っていたら、壁の向こうから怒鳴り合いがしたものですから」

淡々とした口調で告げた。その声に不満の響きはなく、むしろ、留吉夫婦を案じているように感じられた。

「朝から、いったい何ごとだよぉ」

土間に足を踏み入れた六平太は、朝餉の途中だったらしく、それぞれの箱膳《はこぜん》を前に睨み合っている留吉とお常に声を掛けた。

だが、留吉は土間に背を向け、お常はぷいと顔をそむけた。

「熊さんは隣りだから、喧嘩《けんか》の始まりも聞いていたんじゃないのかい」

「ええ。三治さんが珍しく、六つ半（七時頃）という早い時分に出かけてすぐでしたか、『ちょいと話があるんだけどね』というお常さんの一言が壁越しに聞こえましてて」

熊八がそこまで口にした時、

「熊八さんは黙っておくれ。あたしの口から言いますよ」

お常が、六平太の方に体を向けると、背筋を伸ばして決意を述べた。

「この男は、何日か前から妙にため息ついてるんですよ」

「ため息つくぐらいどうってことねぇじゃねぇか」

留吉が常の言い分に口を挟む。

「変なのはそれだけじゃないだろう。雨や雪が降れば、いつもなら、のんびり出来ると喜ぶ男が、みぞれ模様だから、仕事に行こうかなぁなんて口走るじゃありませんか」

「そうなのか」

六平太が尋ねると、留吉は小さく頷き返した。

「ねっ、おかしいでしょう」

お常は、六平太と熊八を向いて同意を求める。

「今、修繕に取り掛かってる仕事場は屋根の下だから、濡《ぬ》れる気遣いはねぇんだ」

「だったら、今日の修繕に源《げん》さんや丑松《うしまつ》さんが行ってるかどうか、親方に確かめてからにすればいいじゃないか」

お常が尤《もっと》もな理屈を口にすると、留吉は口を尖らせて軽く眼を伏せた。

「ほらね、この男はただ、ここから出て行きたいだけなんだよ。そうだろう？　あたしなんかとは、ほんの一瞬たりとも顔を突き合わせたくないってことなんだろう⁉」

「どうして」

お常の剣幕に反応したのは熊八である。

「この男には、ほかに若い女が出来たに違いないんですよっ」

「まさか」

またしても熊八が言葉を洩らす。

「こんなあたしなんかといるよりも、若い女の傍《そば》に行きたいって、正直に言ったらいいじゃないかっ」

言うが早いか、お常は箱膳に置いてある箸を摑《つか》んで留吉の方に投げつける。

咄嗟に避けた留吉は、

「正直に言ったらどうするつもりだっ」

小皿の目刺しを摘まんで投げつけた。

顔に目刺しをぶつけられたお常はすっくと立ちあがると、

「こっちから出向いて行って、そんな女、あたしが殺してやるっ」

夜叉《やしゃ》のように眼を吊《つ》り上げた。

「やれるもんならやってみろっ」

立ち上がった留吉が、お常に向かって箱膳をまたぐ勢いを見せると、急ぎ土間を上がった六平太が、

「いい加減にしなよ」

二人の間に割って入った。

結び飯を片手で摑んだ六平太は、長火鉢の猫板に置いた皿に載っている鰤《ぶり》の煮付けと大根の甘酢漬けに箸を伸ばしながら、朝餉を摂っている。

その眼の前に膝《ひざ》を揃《そろ》えて項垂《うなだ》れた留吉は、時々、両手に包んだ湯呑《ゆのみ》を口に運ぶと、ズズズと音を立てて啜《すす》っていた。

六平太は、のぼせ上がった留吉とお常を鎮めるため、しばらく二人を引き離すことにしたのだった。

「お常が、おれに女がいるといったのは、いいがかりなんだよ」

六平太の家に連れて来るとすぐ、留吉はそう口を開いた。

「けど、留さんはいるような口ぶりだったじゃないか」

「それこそ、売り言葉に買い言葉ってやつですよ」

留吉はそう言い訳をしたが、それが本当のことだということぐらい、六平太は承知している。

二人の喧嘩は大概、売り言葉に買い言葉で思わぬ方向に捻《ね》じ曲がるのがいつものことだった。

「ただね、昨夜、熊さんが、ここのとこ留さんが塞《ふさ》いでるといって心配してたが、それは若い女のことじゃねぇんだな。さっきはお常さんも、ため息ばっかりついてるって声を荒らげていたからさ」

六平太がそういうと、留吉は湯呑を口に運びかけた手を止めて、火鉢の縁に置くと、

「やっぱり、秋月さんに相談した方がいいようだね」

両手を膝の上に置いて改まると、神妙な声を出した。

「やっぱり、女か？」

六平太が眼を見張ると、留吉は右手を大きく、ゆっくりと左右に振った。

そして、長火鉢に膝が付くくらいまで近づくと、

「大工仕事に通ってる霊岸島《れいがんじま》の茶問屋で、妙なものを見つけてしまったんですよ」

声を低めた留吉が、真剣な顔つきで話しはじめた。

霊岸島の茶問屋というのは、新川《しんかわ》の北、新四日市《しんよっかいち》町三丁目の北新《きたしん》河岸に面した『河《かわ》津《つ》屋』という住居も備えた大店《おおだな》だった。

四日前から棟梁の指示で、同僚の二人と留吉は『河津屋』の蔵と、主人一家や住み込みの奉公人たちが起居する住居の修繕をしているという。

棟梁の政次郎《まさじろう》は初日に来ただけで、そのあとは、年長の源助と年若の丑松、それに留吉の三人が通い続けていた。

「それで、見つけた妙なものとは、なんなんだい」

結び飯を頬張った六平太が問いかけると、

「家の中の雨戸と、お店の庭に立っている蔵の窓に、細工した跡が幾つかあったんですよ」

まるで辺りを憚《はばか》るように、留吉は声を低めた。

「雨戸の細工っていうと」

六平太まで声をひそめた。

「実物を見せたいが、そうもいきませんから、秋月さんは框から見てください」

先に腰を上げた留吉は、土間の草履に足を通すと、戸口の敷居の傍で膝を折った。

「秋月さん、ここの戸の戸締りはどうしてます」

土間近くの框に胡坐をかいた六平太に、留吉からそんな問いかけがあった。

「つっかい棒をするしかないが、おれは、そんなもんしたことはねぇよ」

「おれらには金蔵なんかねぇから、そんなことはしませんが、蔵や家の中に金や値打ちものが置いてあるお店や用心深い家なんかじゃ、盗人避けの戸締りがしてあるもんなんですよ。おれがこの前見つけたのは、庭の雨戸だったたんですよ」

そういうと、

「これを仮に雨戸とします」

留吉は戸口の腰高障子を指し示す。

「お店の縁側ですから、雨戸なら四枚も五枚も敷居に並べるもんですが、最後に閉める雨戸に、下げ猿って仕掛けをして動かなくすれば、どの雨戸も動かないという寸法なんですよ」

「それは」

六平太は俄《にわか》に興味を覚えた。

「これを雨戸とすると、上下左右を太めの角棒が枠になって、その中に薄い杉板が張られてるでしょ。腰板の底の角棒を下框と言いまして、それが敷居を滑る寸法です。『河津屋』の雨戸には、この下框の六寸（約十八センチ）ばかり上に、同じ太さの角棒が左右の竪框《たて》と繋《つな》がって、横桟になってました。その横桟と下框には、そうだなぁ、幅にして一寸（約三センチ）、高さ七分（約二センチ）ぐらいの穴が穿《うが》ってあって、その穴には樫《かし》の木で作られた平べったい棒が敷居に彫られた穴にまで落としてありましたよ」

留吉は、腰高障子を『河津屋』の雨戸に見立て、指でさし示しながら、その作りを教えてくれた。

「横桟の穴から差し込まれた棒は、下框に開けられた穴を下へ通り抜けて、敷居に穿たれた穴に挿さってますから、いくら引いても動きません。この棒を大工は、下げ猿と呼んでます。この下げ猿にも十字のような留め木が嚙《か》まされて横桟に載ってますから、簡単には動きません」

「だが、留さん、この仕掛けがあるのは内側だろう」

「そうだよ」

「ということは、『河津屋』が用心のために拵《こしら》えたもんだから、戸締りとしてはいい仕掛けじゃないか」

「その下げ猿を、雨戸の外から外せるとしたら、どうします」

留吉がもったいぶった物言いをした。

「そんな仕掛けを、留さんが見つけたのか」

六平太が思わず声を張ると、留吉は無言のまま、大きく頷いた。

「しかし、そんなものを誰が」

「秋月さん、ずっと以前、死んだ兄弟子から聞いた話なんだがね」

土間の框に腰を掛けた留吉が、密《ひそ》やかに口を開いた。

それによると、大工の中には、仕事で通った商家の間取りを絵図にして、盗賊に売り渡している質《たち》の悪い者もいるという。

それればかりか、新築の普請場に通いながら、日数を掛けて造作に細工を施し、後日、物音を立てずに忍び込むための〈道〉を仕掛ける盗賊の一味がいるともいうのだ。

「おれが見つけた雨戸の外の、下げ猿を動かす仕掛けや、土蔵の虫籠窓《むしこまど》に嵌《はま》った格子の仕掛けっていうのは、盗賊の仕業じゃねぇかと、この前から気が気じゃねぇんですよ」

留吉は無理に笑おうとしたが、その顔は不安そうに歪《ゆが》んでいる。

「そのことは、今日の内に、懇意にしている神田の目明かしに話をしてみるよ」

六平太がそういうと、留吉は小さく頷いた。

霊岸島は、永代橋《えいたいばし》西詰にある霊岸島新堀から越前堀《えちぜん》の辺りまでの総称である。大川《おおかわ》の河口の西岸にあり、越中島《えっちゅうじま》、石川島《いしかわじま》の南方の海を進めば、上方《かみがた》や九州へも通じている。従って、霊岸島一帯には廻船《かいせん》問屋をはじめ、酒、醤油《しょうゆ》、酢など、様々な大店の蔵が立ち並び、水運の拠点として活況を呈していた。

朝の暗いうちから船荷を下ろしたり、積み込んだりする商家の奉公人、船人足たちがそれぞれの河岸を動き回っているのだが、昼を過ぎ、日が傾き始める時分になると、嘘のように落ち着く。

西日に染まる頃には、岸辺の料理屋、船宿から音締の音が小路《こうじ》や川端に漂い始める。

新川の北新河岸に面した新四日市町三丁目にある茶問屋『河津屋』も、店は開けているが、茶を仕入れに来る者の姿はほとんどなく、店の中では、手代や小僧などが茶を袋詰めにしたり、茶箱を棚に並べたりと、店仕舞いの支度にかかる姿も見えた。

六平太と北町奉行所の同心、矢島新九郎は、日本橋神田を受け持っている目明かしの藤蔵《とうぞう》の案内で、店先を通り抜けて、裏手にある庭へと通されたばかりである。

江戸にみぞれが降った三日前、留吉から、茶問屋『河津屋』の建物に細工が施されていると聞かされた六平太は、その日の午後、神田上白壁町《かみしらかべ》の藤蔵の家を訪れた。

盗みに入ろうとする者の細工ではないかという留吉の推測に興味を示した藤蔵は、その日のうちに奉行所を訪れて、同心の新九郎の耳に入れた。

すると、新九郎は藤蔵を伴い、霊岸島の『河津屋』に赴いて事情を話し、細工の有無を改めたいのだと申し入れたのである。

主人の茂左衛門《もざえもん》に異存はなかったが、人の出入りの少なくなる八つ半（三時頃）過ぎにしてほしいということで、三日後のこの日が調べの日となった。

藤蔵の後に続いた六平太と新九郎が住居の庭に下りると、そこには留吉ら三人の大工と、その棟梁らしい男、『河津屋』の者らしい白髪交じりの男が待っていて、

「番頭さん、こちらが北町の同心、矢島様で、こちらは大工の留吉から細工の一件を耳にしなすった、秋月さんだよ」

藤蔵が、白髪交じりの男に二人を引き合わせた。

「わたしは、番頭の義平《ぎへい》と申します。用事で出ております主の茂左衛門からは、一切を任されておりますので、ご遠慮なくお申しつけくださいますよう」

義平と名乗った白髪交じりの番頭が、新九郎に対して深々と腰を折った。

「今日は、『大工政』の棟梁にも来てもらってますんで、細工してある場所を一緒に見てもらおうかと」

藤蔵は、留吉ら大工三人の近くにいた、五十ばかりのがっしりとした体軀《たいく》の男を手

で指した。

「こちら様の修繕を承りました、『大工政』の政次郎と申します。うちの者たちには、修繕の方を続けさせなきゃなりませんので、細工についてはわたしがお話しさせていただきます」

政次郎は小さく頭を下げると、

「この縁側の雨戸と、庭にある二つの蔵のうち、奥の蔵の虫籠窓を、最前確かめてみましたが、この留吉が申し述べた通り、外から開けられる細工がございました」

肝心のことを、静かに告げた。

「そうしたら棟梁、まずは、雨戸の細工を見せてもらおうか」

新九郎の声に、政次郎はキリッと頭を下げた。

三

留吉ら『大工政』の大工三人は庭の一角で、板に鉋《かんな》を掛けたり、鑿《のみ》を叩いて角材にホゾ穴を穿ったりしている。

六平太、新九郎、藤蔵、それに義平は、縁側近くの地面に横にした雨戸の前に立っている政次郎を取り囲んでいた。

「これが、戸の内側に作ってある下げ猿です」

政次郎が指をさしたのは、雨戸の下方に作られている木組みである。

「御覧のように、雨戸の内側には、横桟が五本と二本の竪桟があり、外側に板が打ち付けられております。下げ猿を下框に差し込み、下に押し込めば、縁の敷居の穴に下げ猿の先が挿さりまして、戸が敷居を動くことはございません。店のお人が内側から動かすには、横桟で下げ猿の横に差し込んだ留め木を横にずらして、下げ猿を上に引けば、敷居に挿さっていた棒の先が穴から抜け、戸は敷居を動きます」

政次郎は、内側からの開け閉めの仕方を説いて聞かせた。

六平太は三日前、留吉から下げ猿のことは聞かされていたが、実際に眼にしてみると、なるほどよく出来ていると、軽く唸った。

「だが、この仕掛けを、雨戸の外からどうやって動かせるんだい」

新九郎はそういうと、首を傾げた。

「へい」

声を出した政次郎は、内側を見せていた雨戸をひっくり返して、表側を一同に向ける。

「雨戸の表に細工をしねぇことには、下げ猿を動かすことは出来ませんせん」

そういうと、表側に打ち付けられた杉板の、下げ猿の仕掛けのある内側の真裏辺りを指で叩きはじめ、その音に耳を澄ませた。

表には、幅二寸（約六センチ）ほどの杉板が何枚も縦に打ち付けられている。

杉板を軽く叩いていた政次郎の指先が、ふっとひとつ所で止まり、そこに耳を近づけて二度ばかり叩き、

「留、錐《きり》を貸してくれ」

「へい」

鑿を叩いていた留吉は、返答するとすぐ道具箱から錐を出して、縁側の政次郎のもとに届けた。

その錐を手にした政次郎は、雨戸の下方の横桟と下框に打ち付けられている二寸ほどの杉板二枚に打ち込まれた目釘に錐を差し込むと、ひとつひとつ、ゆっくりと引き抜いた。

政次郎が引き抜いたのは、二枚の杉板の上下にそれぞれ二本ずつ打ち込まれた目釘竹八本である。

六平太や新九郎らが見守る中、政次郎は目釘を抜かれた二枚の杉板を、苦も無く雨戸から剝《は》ぎ取った。すると、幅四寸（約十二センチ）と縦六寸の方形の穴が出現した。

「こうして開けた穴に片手を差し込めば、内側の下げ猿に手が届いて、敷居に差し込まれた棒を引き抜けるという寸法です」

「これなら、音をたてずに家の中に踏み込める」

新九郎は、政次郎の手口を目の当たりにして、掠れ声を吐いた。

六平太は、新九郎と藤蔵、それに番頭の義平らと、『河津屋』の庭にある二つの蔵のうち、小ぶりな蔵の中に集まっていた。

大きい蔵は茶箱や袋詰めの茶袋など、湿気を嫌うものが置いてあり、換気の通風孔はあるものの、屋根近くの切妻に天窓が設《しつら》えられているだけで、人が忍び入る気遣いはなかった。

蔵の中の四人が、背丈の二倍ほどの高さに作られた虫籠窓を見上げている。

土壁作りだが、蔵の内側は板が張られていて、住居としても過ごせそうである。

見上げている窓は木枠で四角に縁取られ、木の断面が三角形の格子が、木枠の上から下へ縦に埋め込まれており、虫籠のような格子窓になっていた。

「梯子《はしご》を上がってまいりました」

壁の上から政次郎の声がして、虫籠窓越しに顔を覗かせた。

「そこに施された仕掛けはすでに見たと言っていたな」

「へい。こっちの方は簡単ですから」

返事をした政次郎は、窓の端に近い一本の格子を手で摑むと、右回りに捻った。

格子が半回転すると、カチッという木の音がした。

「この次が仕掛けと言えば仕掛けでして。次に捻るのは、二本目を飛ばして三本目の格子です」

そういうと、政次郎は一本飛ばして三つ目の格子を掴み、右回りに捻る。

そこでも、カチッと音がした。

そこで、政次郎は回した格子が組み込まれている上部の木枠と下部の木枠を、音を出さないようにして、拳《こぶし》の腹で交互に叩く。

しばらくすると、三本の格子が埋め込まれた部分に施されていた切りこみがずれて、上下の木枠が外れ、格子窓に縦横一尺（約三十センチ）ほどの四角の穴が出現した。

「おお」

蔵の中の四人から、低く感嘆が洩れ出た。

窓の木枠の上と下は、一本の角材と見せながら、実のところは組子になっていて、叩けば木枠から外れる仕掛けになっていたようだ。

その時、格子が外された窓から蔵の中にするすると縄梯子が下ろされ、体軀の割に身軽な政次郎が下りてきた。

「こうして入り込めば、扉を開けることなく、蔵の中の物を持ち出せるという寸法でして」

そういうと、政次郎は新九郎に軽く頭を下げた。

「こんなものいつの間に」

幾分顔を青ざめさせた義平の声は震え、言葉も途切れさせた。

「以前に、大工を入れた覚えはあると思うが」

「はい」

義平は、新九郎に答えると、思案するように首を傾げ、

「確か、二年ほど前に、さっきの縁側と奉公人の部屋の押し入れの修繕、それと、格子窓とその上にある庇《ひさし》の修繕、庇に載せる水切り瓦を取り替えたはずです」

思い出しながら口にした。

「頼んだ大工たちは、こちらが注文した覚えのないところにまで手を加えていたってことだな」

「はい。そうとしか」

義平は、新九郎の推察に頷いた。

「矢島様、わたしが見ましても、木の色などから、修繕して二年ばかり経っているように見受けますが」

政次郎が控えめに口を差し挟んだ。

「番頭さん、それは、出入りの棟梁かい」

話に耳を傾けていた藤蔵が、静かに口を開いた。

「この二年ばかりは『大工政』さんにお願いしてますが、それまでは、これという決まった棟梁はおりませんで。二年前といいますと、たしか、南大工町《みなみだいく》の『大工秀』さんだったかと」

「お。『塩瀬《しおせ》』の近くだね」

藤蔵が口にした『塩瀬』とは、日本橋と京橋を結ぶ表通りにある菓子屋の屋号だった。

「『河津屋』さんが、二年前、『大工秀』から『大工政』さんに鞍替《くらが》えしたのは、なにかわけでもあったのかねぇ」

六平太は、詮索じみた様子を消して、努めて陽気に問いかけた。

「鞍替えと申しますか、『大工秀』の棟梁は二年前に亡くなり、その上跡取りも居ませんでしたから、看板を下ろすことになったと聞いております」

義平が答えると、

「以前、あっしが耳にしていたことによれば、『大工秀』には質の良くない大工も出入りしていて、時々、出入り先から苦情が持ち込まれていたと、日本橋の大工から聞いたことがございます。中には、人のいい棟梁はそんな心労が祟《たた》って、命を縮めたんじゃないかという者もいたそうです」

日本橋界隈の事情には明るい藤蔵が、義平の話にそう付け加えた。

「二年前、『大工秀』さんに修繕を頼んだ時、顔見知りの大工が、棟梁は病に臥せっていると言っていたような気がします。棟梁が亡くなったのは、それから、二月ばかり後だったと思います」

「番頭さんは、二年前に修繕に来ていた大工の名に覚えはないかね」

新九郎が尋ねると、

「一人の大工は何度か来てもらっていましたから、圭太という名も顔も覚えているのですが、あとの二人は初めて見る顔で、名も存じません」

答えた義平は、はぁとため息をついた。そして、

「お役人様、造作に仕掛けを施されたわたしどもは、この先どうしたらよいのでございましょうか」

縋るような眼差しを新九郎に向けた。

「藤蔵親分の話ですと、造作に細工をした大工が盗賊と通じて盗みに入るとか、細工した場所を絵図にして、盗賊に売りつけることもあるとも聞いておりますので、毎日、気が気ではございませんでして」

「いや、必ず押し込むというわけじゃないんだよ」

藤蔵は義平の不安を宥《なだ》めようとしたが、

「いや、気の長い盗みをする盗賊は、狙《ねら》いをつけてから一、二年くらい支度をしてから押し込むとも聞くし、用心はした方がいい」

新九郎がそういうと、

「用心と申しましても」

最後まで言葉に出来ず、義平はすっかり縮み上がってしまった。

「矢島さん、ふと思いついたんですがね」

六平太が口を開くと、

「妙案があれば、是非」

新九郎から即座に返事が来た。

「二年前に細工をした大工が押し込んだり、場所を記した絵図を盗賊に売ったりしたとしても、今の内に、その細工が効かないように新たな細工をしておく手があるんじゃないかと思うんだが」

「つまり、すんなり入り込めると思っていた盗人が、いざ押し込んだら仕掛けが言うことを聞かないってことですね」

藤蔵が、六平太の思い付きに何度も頷いた。

「矢島様、盗人避けには、秋月さんが仰る通り、仕掛けが効かなくするのが一番かと思いますが」

「棟梁、出来るかい」

「はい。今の修繕が済み次第、うちの留吉に小細工をいじらせますよ」

政次郎はそういうと、自信ありげに笑みを浮かべた。


六平太が『市兵衛店』に帰り着いたのは、日が沈んでから四半刻《しはんとき》（約三十分）ばかりした頃おいだった。

家に入って、壺《つぼ》に溜《た》めた有り金から一分（約二万五千円）を摘《つ》まんで巾着《きんちゃく》に入れると、菅笠《すげがさ》を手にして路地に出た。

「お常さん」

井戸に一番近い平屋の戸口で足を止めた六平太は、声を掛けた。

中から戸を開けたお常が、

「またお出かけですか」

六平太の装りに眼を走らせた。

「お常さん、なにも言ってなかったが、おれは今日、留さんがこの何日か仕事で通ってる霊岸島の茶問屋に行ったんだよ」

「へぇ。なんでまた」

お常は、きょとんとして目を丸くした。

「その茶問屋というのが、留さんにため息をつかせていた大元だったんだよ」

六平太はそういうと、茶問屋の『河津屋』の蔵や縁側の造作に、盗賊か誰かが施したと思える仕掛けがあったことを打ち明けた。

それにいち早く気付いた留吉は、そのことを誰かに言うべきかどうか思い悩み、迷い続け、ついついため息を洩らしていたのだとも告げた。

「そんなことで、なんで思い悩むんだ。見つけましたって、すっと言えば済むことじゃないか」

歯がゆそうに顔をしかめたお常は、小さく舌打ちをした。

「そのことをお上に届けたというのが、大工の留吉だと盗人たちに知られたら、もしかしたら仕返しに遭うんじゃないかと、留吉さんは怯《おび》えたと思うよ。お常さんの身も心配してさぁ」

「へへ、そうかねぇ」

お常の顔にやっと笑みが浮かんだ。

その時、

「戸口でなんの話だね」

大工の道具箱を肩に近づいてきた留吉が、六平太の傍で足を止めた。

「あれだよ。盗人が茶問屋の『河津屋』に拵えたらしい雨戸の仕掛けを、留さんが壊す大役を、北町の同心や『大工政』の棟梁から仰せつかったようだと、話して聞かせていたところだよ」

　六平太はいささか誇張気味に言うと、

「あぁあ」

　ため息をついた留吉は、お常の脇をすり抜けて家の中に入り込んだ。

「なんだい。ため息なんかつくのはおよしよ」

　お常はそう口にしながら、板の間に上がり込んだ留吉に続いて土間を上がると、

「お役人や政次郎棟梁から見込まれたんだ。めでたいことじゃないか」

　留吉の真ん前に膝を揃えて詰め寄った。

「お常さんの言う通りだよ」

　土間に足を踏み入れた六平太は、框に腰を掛けた。

「何がめでたいっていうんだよ。おれはそれで困ってるんじゃねぇか。だってな、おれが誰かが細工したところを効かねぇように細工し直したとしても、それを破られでもしたら、恥をかくのはおれなんだぜ。細工も出来ねぇ大工だと世間に知れれば、おれはもう、大工としては生きちゃいけねぇよぉ」

　留吉が弱々しい声を吐くと、

「ばかっ。だったら、誰にも破られないような細工をして見せりゃいいじゃないか」

お常から、厳しい叱責《しっせき》が飛んだ。

留吉は大きく息を吸うと、大きく吐き出し、

「秋月さん、盗賊は、細工を施した先には、必ず押し込むもんだろうか」

心細げに六平太を見た。

「必ずかどうかは分からねぇが。北町の同心が言ったように、月日をかけて仕事をする盗人もいるとは聞くからな」

「うわ」

留吉の口から、声にならないような掠れ声が洩れた。


護国寺の門前はすっかり夜の帳《とばり》に包まれている。

七つ半（五時頃）過ぎに『市兵衛店』を後にした六平太が音羽に着いたのは、ほどなく六つ半（七時頃）になろうかという頃おいである。

大塚《おおつか》町から富士見坂を下って、護国寺門前の音羽一丁目に立つと、道幅の広い参道が音羽九丁目へと、なだらかな坂となって下っているのがよく分かる。

護国寺を中心として様々な寺社のある音羽には、四季を通じて多くの参拝や行楽の人々が押しかけるので、参道の両側には料理屋や旅籠《はたご》は無論のこと、大店小店が軒を連ねている。

菅笠を手にした六平太は、坂下の方へのんびりと足を向けた。

商家から洩れ出る明かりや、並び立っている雪洞の明かりが、参道を行き交う人々をくっきりと浮かび上がらせている。

参拝の帰りに料理屋に上がる者もいれば、水茶屋や楊弓《ようきゅう》場で遊ぼうという輩《やから》、岡《おか》場所《ばしょ》を目指して来る連中で、夜の音羽はいつも賑わう。

四丁目に差し掛かった時、大戸の下りた小間物屋『寿屋《ことぶきや》』の潜《くぐ》り戸が静かに開くのに気付いて、足を止めた。

『寿屋』から出てきた人影に参道の明かりが映って、丁稚奉公《でっちぼうこう》をしている穏蔵《おんぞう》の顔を浮かび上がらせた。

「あ」

一丁目の方に向かいかけた穏蔵は、立っていた六平太に気付いて、立ち止まった。

「どこかへ届け物か」

六平太は、穏蔵が持っている四角い小さな紙包みを眼にして声を掛けると、

「一丁目の『井波屋《いなみや》』さんから、急ぎ櫛《くし》を五枚欲しいと注文がありましたので」

丁寧な口上が返ってきた。

「足を止めさせて済まなかった」

「いえ」

返事をして再び一丁目の方に向かいかけた穏蔵が、「あ」と声を出して再度足を止めた。

「なんだ」

六平太が振り向くと、

「昨日、楊弓場のお蘭《らん》さんから妙な話を聞いたので」

穏蔵に、言うのを迷っている様子が窺《うかが》えた。

「通り掛かったお武家が、店の前に立っていたお蘭さんに、秋月六平太という浪人を知っているかと尋ねたそうです」

「ほう。それは、どんな侍か言ってたか」

「お蘭さんは、四十過ぎの、高飛車な物言いをする嫌な奴《やつ》だったと」

穏蔵が口にした侍なら、六平太には、笹郷《ささごう》藩の跡部《あとべ》しか思い浮かばない。

「知っていると返答したら、秋月の女が音羽にいるらしいが知っているかと尋ねられたので、お蘭さんは『あたしだ』と返事をしてしまったって、笑ってました」

「お蘭め」

六平太が呟くと、

「ではわたしは」

小さな会釈をして、穏蔵は参道の坂道を急ぎ上っていった。

その姿が夜陰に紛れるまで見送ると、六平太は坂の下へと歩を進める。

穏蔵は、六平太が板橋の女に産ませた子だ。

主家を追われて自暴自棄になっていた十四年ほど前のことである。

たまに会いに行くことはあっても共に暮らすことはなく、時々人に頼んで金を届けるだけの、薄情な父親だった。

生みの母が病で死に、穏蔵は三つの頃、孤児になった。

当時、義母とその連れ子の佐和《さわ》の暮らしもろくに見られなかった六平太には、穏蔵を引き取る余裕も、育てる自信もなかった。

その時、自棄な生き方をしていた六平太を立ち直らせてくれた雑司《ぞうし》ヶ谷《や》の竹細工師の口利きで、穏蔵を八王子《はちおうじ》の養蚕農家の養子にしたのである。

穏蔵はその後、養子先で育った。

十二になった頃、穏蔵は養父に頼んで日本橋の絹問屋に住込み奉公をしたものの、馴染《なじ》めずに奉公先を飛び出して、雑司ヶ谷の竹細工師の家に逃げ込んだ。

その後、自ら口にして毘沙門《びしゃもん》の甚五郎《じんごろう》の若い衆になったのだが、小間物を商う『寿屋』の主とその娘に気に入られて、今ではそこの奉公人になっている。

穏蔵の父親が誰かということは、情婦のおりきと妹の佐和には知らせているが、ほかは誰も知らない。

とはいえ、甚五郎からは、うすうす感づいているような気配がするし、穏蔵からも、似たような気配を感じることがあった。

参道を下っていた六平太は、七丁目の角で足を止めた。

先刻まで、目白坂を上がって関口駒井町《せきぐちこまいちょう》のおりきの家に直行するつもりだったのだが、菊次《きくじ》が営む居酒屋『吾作《ごさく》』を覗いてからでも遅くはないという思いに駆られた。

七丁目と八丁目の間の小道を一本西に進めば、『吾作』までは、眼をつむっても行きつける。

ひょっとすると、おりきが居て、飲み食いをしているということもある。

六平太は西へと延びる小道を入ると、行く手の軒下で灯る『吾作』の提灯《ちょうちん》を目指して急いだ。

「あらまぁ、おいでなさい」

暖簾を割って入った六平太にけたたましい声を掛けたのは、菊次の女房のお国《くに》だった。

すると、中で屈《かが》んでいたらしい菊次が、板場の壁から顔を突き出し、

「兄ィか」

疲れたような声を洩らした。

「暇そうだな」

六平太は、客のいない店内を見回した。

「それが、さっきまで混んでたんですけど、おりき姐《ねえ》さんが帰った途端、他のお客まで潮が引くみたいに帰ってしまって」

お国が事情をいうと、

「客が居なくなったのをいいことに、ちょいと一休みしてたとこでして。あ、でも、兄ィが何か食いたいというなら、おれは腕を振るいますよ」

菊次は、自分の右腕を叩いてみせた。

「おりきは、ここで飯を食って帰ったのか」

「それがね、仕事が遅くなったから、家に帰ってうどんを煮込むってお言いでしたから、うちの油揚げや豆腐や小松菜を持って行ってもらったんですよ」

お国がそういうと、

「うどんは家にあるらしいから、今から行けば、おりき姐さんの煮込みうどんにありつけますぜ」

菊次の声が終わるか終わらないうちに、

「またな」

六平太は、菊次とお国に声を掛けて『吾作』を飛び出した。

四

長火鉢の五徳に載った土鍋から湯気が立ち昇っている。

出汁《だし》の効いた醬油《しょうゆ》の汁にうどんが入れられ、それに加えて小松菜や豆腐、油揚げも入っていて、土鍋からはぐつぐつと煮立った音がし始めていた。

そこへ、台所で燗《かん》にした二合徳利《どつくり》と、酒の肴《さかな》のこんにゃくのぴり辛煮をお盆に載せたおりきが来て、長火鉢の猫板に置く。

「うどんはそろそろいいんじゃねぇのか」

「そうだね」

返事をしたおりきは台所に引き返すと、すぐに持ってきた鍋敷きを火鉢の猫板に置き、そこに土鍋を載せた。

「まずは酒だ」

六平太は二合徳利を持つと、おりきに勧める。

「すまないね」

おりきはぐい飲みを差し出して、六平太の酌を受ける。

六平太はいつも通り、手酌にした。

　二人は、お互い、ぐい飲みをほんの少し掲げてから口に運ぶ。

「美味《うま》いね」

　思わず声に出すと、六平太はさらにもう一口、酒を含んだ。

　先刻、立ち寄った『吾作』から、急ぎ関口駒井町にやってくると、風呂から上がったばかりのおりきに、

「うどんの支度をするから、六平さんはその間に風呂を浴びておいでなさいよ」

　勧められるまま風呂に浸《つ》かって、冷えた体を温めたのだ。

　酒を二杯飲んだところで、おりきが取り分けてくれた煮込みのうどんを口に入れると、臓腑《ぞうふ》が焼けるように熱い。

「少し置いた方がいいな」

　六平太はおりきにもそう勧めると、箸を置いて、ぐい飲みに酒を注ぐ。

　おりきは、箸に取ったうどんにふうふうと息を吹きかけて、つるつると口で啜《すす》ると、

「わたしは昔っから、熱いのは平気ですから」

　にやりと笑った。

「夜分ごめんください。こんばんは」

　戸口の方から、聞き覚えのある男の声が遠慮がちに届いた。

「はい」

箸を置いたおりきが腰を上げて、戸口へと向かう。

六平太が箸に取ったうどんに息を吹きかけていると、

「いいからお入んなさいよ」

来訪者を促す声を発したおりきが、

「『市兵衛店』の三治さんですよ」

とも声を上げた。

夕方、『市兵衛店』の留吉の家を出る際、

「おれを訪ねて誰か来たり、なにか用があったりしたら、音羽に知らせを」

そう言って来たから、それを聞いて現れたに違いない。

おりきに続いて現れた三治は、腰をペコペコと折りながら居間に入ってきた。

「せっかくの所に押しかけて申し訳ありませんな」

三治は膝を揃えると、六平太に向かって両手を合わせた。

「熱いのをいくか」

六平太は、火鉢近くの茶簞笥《ちゃだんす》からぐい飲みを出して三治に持たせ、徳利の酒を注いだ。

それを一気に飲み干した三治は、

「夜風に縮こまった体が、いっぺんにほぐれましたっ」

そう言って目尻を下げた。

「夕餉がまだなら、うどんの煮込みもありますから」

おりきは、台所から持ってきた丼と箸を三治の前に置くと、六平太の近くに腰を下ろす。

「美味そうなうどんではありますが、ともかく用件を済ませてからいただくことにして」

三治は、両手を膝に置くと、幾分改まり、

「この前、『飛驒屋』のお登世さんの様子をお紋さんから聞いていないかとお尋ねになりましたが、実は今日、お登世さんについて、お紋さんから直に話を聞かされましたので、それでまぁ、一刻も早くお知らせしようとこうして」

馬鹿丁寧な物言いをした。

「それで」

そういうと、六平太は、丼のうどんを軽く啜った。

「お紋さんによれば、お登世さんにはどうも、男が出来たらしいとのことで」

「ほう」

『いかず連』の芝居見物を土壇場でやめたのも、雪見や食べ歩きの段取りがなかなか決めきれないのも、登世が男にかまけているからに違いないとお紋は言っていたと、三治は打ち明けた。

「それで、お登世さんとは古い付き合いの秋月さんに、『いかず連』の今後をどうするつもりか、お登世さんに問い質していただけないかと、お紋さんにそう言いつかって参ったわけでして」

「なぁるほどね」

徳利に手を伸ばした六平太は、お紋にすっかり手綱を握られているような三治の様子が見て取れて、ふふと、小さく笑い声を洩らした。

「お登世さんというのは、前々から六平さんに付添いを頼んでた木場のお嬢さんだねぇ」

「そうなんで」

三治は、おりきの問いに即座に返答した。

「そのお人に男が出来たとなると、長年馴染んでた六平さんとしては、心穏やかじゃありますまい」

「おいおい、妙な物言いはよしてくれよ」

苦笑を浮かべた六平太は、酒を満たしたぐい飲みを口に運んだ。

「それじゃ、あたしはこの辺で」

三治はそういうと、腰を浮かしかけた。

「おいおい、今から元鳥越に戻るんじゃ、下手すりゃ町木戸を閉められるぜ。酒飲んで、うどんも食って、今夜はここに泊まれ」

「しかしぃ」

「部屋はここと隣りと二つありますから、遠慮なく」

おりきが声を掛けると、

「それじゃ、お言葉に甘えまして」

ひとつ頭を下げた三治は、へへへと笑い声を洩らしながら、自ら二合徳利に手を伸ばした。


江戸川の流れの上には薄く靄《もや》が這《は》っていて、朝日に白く輝いていた。

日が昇って半刻ばかりが経つが、冬の冷気は、ちっとやそっとのことでは温まらないようだ。

紐《ひも》を首に巻いて菅笠を背負った六平太は、髪結いの台箱を提げたおりきと並んで江戸川橋を関口水道町へと渡った。

二人の後ろには、三治が続いている。

髪結いの仕事に向かうおりきを途中まで送り、六平太と三治はそのまま浅草元鳥越町の『市兵衛店』に帰る算段が、朝餉の時に整っていた。

おりきは、朝暗いうちに起きて白米を炊いた。

昨夜の煮込みうどんの残りの汁に、炊いたばかりの飯を入れて出来た雑炊が、今日の朝餉となった。

たった一晩で音羽を後にすることになった六平太は、三治が持ってきたお紋の依頼を、今日の内に片づけておくことにしたのだった。

中里村の畑地の道を進んだ六平太たちは武家地へと入り、若狭小浜藩《わかさおばま》、酒井家《さかい》の下屋敷にほど近い丁字路で立ち止まった。

「わたしは、この道ですから」

牛込榎木町《うしごめえのき》に行くというおりきは、右手に延びる道を指さした。

「おりきさん、すっかり世話になってしまいまして」

「なんの」

おりきは、三治の礼に片手を打ち振った。

「おれたちは、ここをまっすぐだ」

六平太が声を掛けると、おりきは「それじゃ」と笑みを残して丁字路を右に曲がって行った。

六平太と三治が取った道は、酒井家の塀に突き当たって左に折れると、塀に沿って真っ直《ます》ぐに延びている。酒井家の塀に沿った道が、四、五町（約四百三十六メートルから五百四十五メートル）ばかり続いたところで塀は切れた。

下屋敷の敷地の角にある丁字路を右に行けば、御簞笥《おたんす》町を経由して市ヶ谷《いちや》御門近くの堀端に出るが、六平太と三治はまっすぐに進み、神楽坂《かぐらざか》を下って牛込御門へ出る道を取った。

牛込肴町の坂を上っていると、下って来た草履を履いた袴《はかま》姿の三人の侍が、六平太と三治の近くでぴたりと足を止めた。

顔を上げた六平太の眼に、信濃笹郷藩の江戸下屋敷詰めと言っていた川村直次郎《かわむらなおじろう》と稲留力蔵《いなとめりきぞう》の顔が映ったが、もう一人は初めて見る顔だった。

「秋月殿は、もしや当家の下屋敷を訪ねられましたか」

そう問いかけたのは、川村である。

「あぁ。そういえば、下屋敷はこの辺りだそうだな」

六平太が呟くと、

「そのこと、誰からお聞きになった」

鋭い声を向けたのは、初めて見た侍で、六平太と同じくらいの五尺六寸（約百六十八センチ）ほどの背丈があった。

「上屋敷の跡部与四郎《よしろう》って御仁から聞いた」

平然と答えた六平太をどう扱えばいいのかとでもいうように、川村ら三人は顔を見合わせた。

「こちら、初めて見る顔だが」

六平太が上背のある侍を見てそういうと、

「上屋敷、大納戸《おおなんど》方の須藤小六《すどうころく》。あなた様の名は、川村から聞いております」

須藤小六は、愛想のない声で告げた。

すると、川村が、

「この須藤さんのお蔭《かげ》で、上屋敷でどのような動きがあるのか、あるいは国元の様子などを、下屋敷のわれらも逐一知ることが出来るのです」

辺りを憚るような小声で六平太に打ち明けた。

「われらの同志は、江戸の上屋敷下屋敷を合わせると、すでに十五、六人に上っておりまして」

「ちょっと待て」

若い力蔵の言葉を断ち切った六平太は、

「折角だが、おれはそんなことには、なんの関心もないんだよ。おれらは道を急ぐんで、ここで」

六平太が軽く手を上げて、少し離れて様子を見ていた三治の方へ足を向けた。

「秋月殿、しばらく」

背後から川村の声がした。

六平太が仕方なく足を止めると、足早に近づいてきた川村が、

「われらが、殿の乗り物を襲撃したわけを聞いていただけまいか」

六平太の耳元で低いながらも、鋭い声を吐いた。

「そんなことはとっくに聞いたよ。藩政の改革やらなんやらを目指してるんだろう。頭が下がるよ。けど、そんなことは、お前さん方でやり遂げればいいじゃないか。なっ」

六平太は、少し先で待っている三治の方へ足を向けた。

すると、大股《おおまた》で追い越した力蔵が、六平太の眼の前に立ち塞がり、上気した顔を向けた。

「藩政の改革も大事ではありますが、笹郷藩藩主、右京大夫《うきょうのだいぶ》様は、わたしの仇なのですっ」

六平太を見る力蔵の眼は血が滲《にじ》んだかのように充血し、並々ならぬ思いを漂わせている。

その背後に立つ川村と須藤の顔付も固く、若さゆえの真摯《しんし》さが、眩《まぶ》しくもあった。

「三治、すまねぇ。先に行っててくれねぇか」

「どうもそうしたほうがよさそうですな。それでお登世さんのことは」

った。


「木場には今日の内に行くつもりだ」

「それじゃ、ひとつよろしく」

三治は、六平太の返事に笑みを浮かべて頷くと、軽やかな足取りで坂道を上って行った。

六平太は、川村ら三人を引き連れて、坂上の善国寺《ぜんこくじ》の境内に足を踏み入れた。

毘沙門天を祀《まつ》る寺だが、境内には人の姿はない。

坂の上は寒風が通り過ぎるのか、人々はこの時季の参詣《さんけい》を控えているのかも知れない。

三人の侍の話を聞く気になった六平太は、

「立ち話もなんだ」

そう言って、音羽への行き帰りによく通る、善国寺に場所を替えたのだ。

本堂の裏手にある階に六平太が腰を掛けると、川村ら三人は思い思いの場所に腰掛けた。

「この二、三年、笹郷藩は乱れているのです」

いきなり口を開いたのは、川村だった。

江戸の藩邸には表立った乱れはないものの、人材登用の偏り、出入りの商人との癒着を疑わせるものがあるのだが、筆頭家老の石田甲斐之介《いしだかいのすけ》は国元にも睨みを利かせており、不満を抱く者も声を上げられずにいるという。

「ですが、将軍家のお膝元から遠く離れた信濃の国元では、藩主である佐々木《ささき》右京大夫様と縁戚《えんせき》に当たる国家老の大岩平右衛門《おおいわへいえもん》の専横がまかり通っているとも言います」

そこで言葉を切った川村は、

「この稲留力蔵は、二年前まで国元にいましたから、そのあたりの事情はよく存じているのです」

すぐ近くに腰を掛けていた力蔵に眼を向けた。

「国家老の大岩平右衛門様は、代々、領内の山地で自生したり、農地で栽培したりしていた薬草の採取や売買を、一手に引き受けていた国元の薬種問屋を排除して、美濃の商人を城下に招き入れたのです。その選定には、江戸家老の石田様の思惑が及んだらしいとの噂はありましたが、それはうやむやのまま、いつの間にか立ち消えてしまいました」

言い終わった力蔵の口から、「はぁ」と空しいため息が洩れた。

「わたしは、二年前、参勤で江戸に来た国元の徒士組の知り合いから、とんでもないことを聞きましたよ」

須藤小六が口を開いた。

「国元では五年ほど前から、国家老や勘定《かんじょう》奉行、郡《こおり》奉行らが領内の治水と殖産に力を入れていたのだが、思い付きで川の流れを変えた治水工事のせいで、川の土手が切れて水が溢《あふ》れ、山間の畑地を崩したばかりか、平地の畑をも失って、殖産を奨励されていた煙草や紅花は壊滅。根は解毒に用いられたり紫色に染められたりする紫草の土地も失って、郡部の領民たちの多くは、泣く泣く土地を捨てて領外へと立ち去りましたよ。にも拘《かか》わらず、治水にしくじった家老や奉行らはその責を認めることもなく、面の皮を厚くして、依然国元の政《まつりごと》に関わっているのです」

「それが出来るのも、郡奉行の河原忠助《かわはらちゅうすけ》様が、国元においでになる殿様の側室、お槙《まき》の方様の兄御ゆえかと思われます」

力蔵は、須藤の話のあとに、怒りを籠めてそう付け加えた。

「お前さん、さっき、藩主は自分の仇だと言ったが、それはどういうことなんだ」

六平太は、力蔵に向かって、努めて穏やかに問いかけた。

「それは」

言いかけた力蔵は、唇を噛んで少し俯《うつむ》いた。

「いや。なにも、話を聞いたらどうにかするということじゃねぇから、気にするな」

意地の悪い物言いをしたが、六平太には、特段、皮肉を込めたつもりはない。

「国元の力蔵の実家、村上《むらかみ》家は代々勘定方で、今は、兄の辰弥《たつや》様が家督を継いでおられるのです」

そう話し出したのは、川村である。

兄の辰弥が村上家を継いだ二年後、力蔵に声が掛かり、国元の稲留家の養子に迎えられたという。

その直後、力蔵は江戸勤番となって下屋敷に詰めているのだった。

「兄が嫁を取って一年も経たない昨年の六月、兄夫婦に禍《わざわい》が降りかかったのです」

硬い顔付で俯いた力蔵が、絞り出すような声を発すると、

「江戸参勤から国元に戻られた殿が、兄の妻であるお蕗《ふき》様を領内の寺で見初め、城に召し出すようにとの下知が下されたのです」

顔を真っ赤にして吐き出した。

藩主の理不尽な命を諫《いさ》める重臣はおらず、力蔵の兄は、泣く泣く、下知に応じたという。

ところが今年の三月、力蔵のもとに『お蕗が手打ちに相成った』という文が、国元の兄から届いたのである。

それは、藩主が江戸参勤に向かう一月前のことだった。

力蔵は、国元から参勤の列に付添って来る何人かの知人を待って、義姉の手打ちの経緯を尋ねると、

「お蕗殿は、国元の家臣との不貞が露見して、城内でお手打ちとなった」

とのことだった。

「得心の行かない兄は、城勤めの友人知人などから様々な話を聞き回り、この秋、やっとのことで事の真相に行きついたとの知らせが、国元から届きました」

力蔵が言うには、兄の文には、『お蕗の不貞は事実無根』と記されていたという。

国元の側室であるお槙の方が、藩主、左京大夫の寵愛《ちょうあい》がお蕗へと向かっていることに焦り、お蕗の不貞という作り話を捏造《ねつぞう》して密告した。癇癪《かんしゃく》もちの藩主は、〈お蕗様不貞〉の噂が出た直後、事実関係をろくろく調べもせず、目付に命じて、即日の処刑を断行させたということも分かった。

そして、晩秋の九月、藩主が国元を離れている間に国元の家臣と密会を重ねていたのはお槙の方だということが露見したのだが、お宿下がりを言い渡されただけで済んだ。お槙の方の不貞の相手というのも、江戸家老、石田甲斐之介の親戚筋に当たる御納戸役、石田多三郎《たさぶろう》ということも分かったのだが、ついに、これという処分は下されなかったということである。

「兄は、妻であったお蕗様の汚名返上を願い出ようとしたのですが、上役である勘定奉行に、ただでは済まぬことになると押し留められた末に、家禄《かろく》を取り上げられ、今は、かつて屋敷の下男をしていた男の住む鄙《ひな》で畑仕事を手伝っているのです」

兄の境遇を口にした力蔵の眼から、涙が一筋落ちた。

「藩主も藩の重臣たちの所業も、決して許せません。わたしは、兄や義姉の無念を晴らすべく、成敗すると決めたのです」

力蔵は、辺りを憚って、声を絞り出した。

「秋月殿の剣の腕を見込んで、どうかわれらにご助力をお願いしたいのです」

川村が頭を下げると、力蔵や須藤まで首《こうべ》を垂れた。

十五年ほど前に、主家から追われて浪人となった頃の己と重ねた六平太は、力蔵の兄の切なくやりきれない心境は痛いほど分かる。

「だが、藩内でことを起こそうとすれば、敵は死に物狂いで潰《つぶ》しに掛かるぜ。おれは昔、その渦に巻き込まれたんだ。身に覚えもないのに、改革派だと烙印《らくいん》を押されて、主家を追われた」

静かに話す六平太を、笹郷藩の三人が食い入るように見つめている。

「だから、改革なんかやめろというつもりはねぇ。お前さん方のたぎる思いに頭は下がるが、おれにはもう、人のために火の中に飛び込むほどの熱はねぇんだよ」

ふうと小さく息を吐いて腰を上げると、

「勘弁してくれ」

ひと言口にして、六平太は神楽坂の通りへと足を向けた。

三人の若侍が動く気配は感じられなかった。

五

真上近くから降り注ぐ日射しで、船の上は結構暖かい。

師走も間近い大川を船で行けば、川風に吹かれて凍えるかもしれないと覚悟はしていたが、思いのほか快適である。

笹郷藩の侍三人と神楽坂で話し込んだ後、六平太が一旦、浅草元鳥越町の『市兵衛店』に帰ったのは、九つ（正午頃）の鐘が打ち終わったばかりという頃おいだった。

『市兵衛店』は人の声もなく静かで、先に帰ったはずの三治の姿もなかった。

浅草御蔵前の飯屋に入ってのんびりと昼餉を摂った六平太は、木場の『飛騨屋』に向かうべく、大川の西岸を神田川に架かる柳橋《やなぎばし》の方へと向かった。

川端に止まって荷を下ろしたり積んだりしている何艘《そう》もの猪牙船《ちょきぶね》や荷足船《にたりぶね》に眼を止めた六平太は、

「ここから深川に行く船があったら、二十文（約五百円）で乗せてくれねぇか」

声を張り上げると、一艘の荷足船の船頭から、「仙台堀《せんだいぼり》に荷を運ぶ」との返事が来た。

六平太はその船に乗り込んで、大川を下っていたのである。

船はやがて、東岸から切れ込んでいく仙台堀へと舳先《へさき》を向けて進み、深川亀久町《かめひさ》に架かる亀久橋の袂《たもと》に舷側《げんそく》を着けた。

亀久橋から木場の『飛騨屋』の間は眼と鼻の近さである。

水路に架かる橋を幾つか渡って、『飛騨屋』の敷地に巡らされている塀の潜り戸から入り込んだ。

「秋月ですが」

戸口で声を上げると、ほどなくして、中から声もなく戸が開けられた。

「ささ、お入りになって」

笑顔で勧めたのは、登世の母のおかねである。

「ええと、登世さんは」

尋ねた六平太に、おかねは、登世も夫の山左衛門も出かけていると口にした。

「主人と登世に何かご用でしたか」

「いえ。ご用というほどのことはなかったんですが、ちょいと近くまで来たもので、顔でも出そうかと」

おっとりとした気のいいおかねに嘘を言うのは躊躇われるのだが、仕方なかった。

「そうそう。秋月様にはお礼を申し上げることがありました」

て」

「先だっては、五郎松さんという気のいいお人をわたしどもに引き合わせて頂きまし

「なんでしょう」

「あぁ」

おかねが口にした五郎松というのは、木場の川並鳶をしている若い衆の名である。

「なんの。礼にはおよびませんよ」

六平太は笑って片手を打ち振ったのだが、

「あのあと、聞くところによりますと、五郎松さんは、主人も知っている木場の材木問屋の『吉野屋』さんの、二番目の息子さんだと分かったんですよ」

「へぇ」

六平太は、おかねが言った材木問屋の名は知らなかった。

「この春、隠居した父親の跡を継いで『吉野屋』の主になった伊三郎《いさぶろう》さんの弟さんだったというではありませんか」

心底驚いたような様子を見せたおかねによれば、木について修業をするために、六、七年、紀伊《きい》国に行って樵《きこり》をしていたのだが、『吉野屋』の跡を継いだ兄を助けるために、この夏、江戸に戻ってきたということだった。

「『吉野屋』の血筋ですから、帳場に座って奉公人を差配してもよろしい立場なのに、

職人たちに混じって川並鳶を続ける方が性に合ってると口にしておいでなのが、なんとも気風《きっぷ》がいいと、うちの主人も感心しているんですよ」

おかねの物言いはまるで、『飛騨屋』の身内が現れたような喜びように思えた。

「そりゃ、何よりでした。ええ、それじゃ、わたしはこれで」

「お待ちを」

行きかけた六平太を呼び止めると、おかねは軽く横を向いて、懐《ふところ》から財布を取り出すと、

「五郎松さんは、秋月様のことを気に入っておいでのようですし、今度是非、お二人連れ立って、宅へ遊びにお出でくださいませ」

そう言いながら、六平太の手を取ると、「煙草銭です」と言い添えて一朱を握らせた。

六平太は一瞬迷ったものの、

「では遠慮なく」

軽く頭を下げると、戸口を離れた。

『飛騨屋』に出入りをするようになって五年は経つが、おかねが差し出す『煙草銭』をこれまで一度も断わったことはなかった。

今ここで断われば、おかねはなんと思うか――六平太はいつも通り、素直に受け取

ることにした。

『飛騨屋』を辞した六平太が、幾つか並んだ貯木場の道を進み、深川入船《いりふね》町の金岡橋に差し掛かった時、橋を渡って来る編み笠の侍がふと足を止めた。

袴姿の逞《たくま》しい体軀をした侍に見覚えがあった。

「やはり、こちらでしたな」

編み笠を取ったのは、笹郷藩上屋敷の徒士頭、剣術指南の跡部与四郎だった。

「よくここだと分かったものだ」

「浅草元鳥越町の長屋を訪ねたら、派手な羽織を着て扇子を動かしている男が出てきたので、お主の行先を尋ねた」

「なるほど」

行先を口にしたのは、おそらく三治に違いあるまい。

「すまぬが、この先の三十三間堂の向かいにお出で願いたい」

「そっちなら帰り道だ。寄るよ」

六平太は跡部の申し出を受けて、橋を渡った。

金岡橋から三十三間堂までは、わずか四町足らずである。

跡部が足を踏み入れたのは、三十三間堂の向かい側にある荒神宮の小さな境内だった。

境内の一角にある小ぶりな祠《ほこら》の回廊に腰を掛けている、笹郷藩江戸家老、石田甲斐之介の姿が見えた。

「こちらへ」

跡部に勧められるまま、六平太が石田家老の近くに立つと、跡部は家老の横に立ったまま控えた。

「おれの行先に、ご家老自ら足をお運びとは、恐れ入るね」

そういうと、六平太は笑みを浮かべた。

「殿のご登城の朝、秋月殿が斬《き》られた下屋敷の者のその同志らとお会いになっておられるやに聞いたが、それはまことかな」

「本当だと、なんだというんだ」

六平太は穏やかに返事をした。

「その者らと、何を話しておいでか知りたいものだが」

石田家老の物言いも、悠然としている。

「藩内に乱れがあると聞かされたが、そんなもん、おれには何の関心も湧《わ》かんがね」

「その者どもがそこまで胸襟を開いているのなら、まことに都合がよい」

石田は、笑み交じりでそう口にした。

「都合とは」

六平太は、石田の真意を測りかねた。

「殿を襲った者どもに近づける秋月殿に、御家に仇なす謀反人《むほん》どもを斬り捨てて頂きたいのでござる。それらを誅《ちゅう》に付していただいた暁には、高禄《こうろく》を以《も》って当家に迎えてもよいのだ」

「ははは」

六平太は小さく声を上げて笑うと、

「おれは、二度と武家に仕える気はありませんでね」

笑みを浮かべたまま静かに返答した。

そしてすぐ、

「そんなことは、おれなんかに頼まなくても、藩の連中に弓槍《きゅうそう》や鉄砲を持たせたら、すぐに片付くじゃありませんか」

六平太の話に、石田も跡部も顔を曇らせて黙り込んだ。

「なるほど」

思わず呟くと、

「藩内の対立が表沙汰《おもてざた》になって公儀に知れれば、笹郷藩佐々木家の存続にかかわるということか。それを避けるには、町中をうろつく浪人に斬り殺させる方が好都合だと、そういうことですな」

六平太は、一気に投げかけた。

するると跡部は、素早く刀の柄《つか》に手を掛けて、

「ご家老の申し出を受けるなら許すが、手を貸さぬというなら、この場でお主を斬るっ」

柄に手を置いたまま、跡部は左足を後ろに引いて、いつでも刀を抜ける態勢に入りかけた。

「秋月さん、何事ですか」

境内のすぐ前を東西に貫く馬場通から、聞き覚えのある矢島新九郎の声が掛かった。

「いやちょっと、剣術談議に花が咲いてね」

六平太が新九郎に返答すると、跡部は、腰を上げた石田家老に続いて境内を出て行った。

「矢島さんは何事ですか」

「さっき、大工の留吉について『市兵衛店』に行ったら、大家の孫七さんが、秋月さんはどうも、木場の『飛騨屋』さんに行ったようだというものでしてね」

新九郎からはそんな答えが戻ってきた。

音羽から帰った三治が、六平太の今日の用事を孫七に洩らしたものと思われた。

「それで、わたしに何か」

「いや。実は昨夜、霊岸島の茶問屋の『河津屋』で、大捕り物があったんですよ」

「まさか」

六平太の口から呟きが洩れた。

「そのまさかです。昨夜というか、夜中の九つ（零時頃）を過ぎた時分、『河津屋』の住み込みの手代が近くの自身番に駆け付けて、押し込みが現れたと知らせたんですよ」

六平太は、新九郎の話にただただ頷く。

「自身番からの知らせで、奉行所からは宿直の同心、小者が飛び出し、役宅にいた我々も日本橋界隈の目明かしらと人数を揃えて『河津屋』へ走ったんです」

新九郎らが足音を忍ばせて北新河岸へ向かうと、『河津屋』の周りは闇に包まれ、静かなものだったという。

ところが、塀に耳を近づけると、中から密やかな物音がし、こそこそと言い合う男たちの声が聞こえた。

塀の隙間から覗くと、庭の一角に黒装束を着た連中が六、七人、雨戸のしまった縁側近くに固まっているのが、星明かりの下、朧《おぼろ》に見て取れた。

新九郎はすぐに盗賊だと確信した。

「なにしろ、一人の盗賊が例の、細工を施していた雨戸の傍に膝をついて、小さな道具を使って板戸を外そうとしてるんですが、なかなかうまくいかないものですから、頭のような男からは、何をしてやがるなんて声がかかり、盗賊たちに焦りがでたところで、われらが一斉に塀の中に踏み込んだ次第でして」

「ということは、留吉の細工が功を奏したということですね」

六平太が声を出すと、

「そういうことです」

新九郎は笑みを浮かべると、

「そんなことになりましたので、今日は朝から『河津屋』での大工仕事はなく、留吉は『市兵衛店』で待機してたんですが、『河津屋』がどうしても礼がしたいというものですから、わたしが留吉を呼びに行って、さっき、『市兵衛店』に送り届けたわけでして」

「留吉も、これで一安心だな」

六平太から笑みが零《こぼ》れると、新九郎が「え」というような顔を向けた。

浅草元鳥越町界隈は、灯ともし頃だった。

戸を閉める商家もあれば、提灯に明かりを入れる料理屋や居酒屋などもあった。

木場から帰ってきた六平太が、鳥越明神の脇を入って、『市兵衛店』の木戸を潜ると、井戸端のあたりは薄暗い。

明かりが灯っているのは、大家の孫七の家だけである。

三治の家にも熊八の家にも明かりはなく、『河津屋』から戻っているはずの留吉の家の中にも明かりがなかった。

「留さん」

留吉の家の戸口に立った六平太が声を掛けたが、応答はない。

「お常さん」

続いて声を掛けると、暗い家の中から、低く、衣擦《きぬず》れの音がした。

「開けるよ」

そういうと、六平太は戸を開けた。

家の中は暗く静かだが、すぐに眼が慣れると、暗がりの中に人の影が二つ、ぼんやりと見えてきた。

「明かりもつけずに、何してんだよ」

そう言いながら土間を上がった六平太は、行灯の傍にしゃがみ込み、燧石《ひうちいし》を叩いて、行灯に火を灯した。

そこには、まるで呆《ほう》けたような顔をした留吉とお常が、並んで膝を揃えていた。

「秋月さん、これ」

懐に手を差し込んだ留吉が、使い古した手拭いを眼の前に置いて広げると、小判が五枚、顔を出した。

「五両（約五十万円）か」

六平太の問いに留吉は頷き、

「『河津屋』の旦那が、盗人から店を守ってくれた礼だと言ってくれたんだよ」

「そしたらこの男は、いりませんて返事したっていうじゃありませんか」

お常が横合いから留吉を睨みつけた。

「そしたら『河津屋』の旦那から、受け取りを断わるなら『大工政』の出入りを差し止めるが、それでもいいかと脅しを掛けられてね。それじゃ、親方に申し訳が立たねぇから、貰《もら》っては来たんだが」

そう打ち明けた留吉が、心細げな息を吐いた。

「どうした」

「帰って来て、改めてこの小判を見てたら、急に恐ろしくなったんですよ」

「ほら、これを狙いに、夜中、盗人が入り込みやしないかなんて、ね」

お常まで、怯えを見せた。

「これじゃ、夜もおちおち寝ちゃいられねぇし、仕事に出るのも気が進まなくてね」

「秋月さん、どうしたらいいものかねぇ」

お常の問いかけに、留吉が、縋るように六平太を見る。

「あれだな。この五両をいっそのこと、手元から離しちまえばいいんだよ」

「秋月さんまさかっ、これをくれというんじゃ――！」

眼を丸くしたお常が、飛びかからんばかりに尻を上げかけた。

「おれがそんな、人の弱みに付け込むと思うか？」

「思うか思わないかは、秋月さんの返事次第ですよ」

そう言って、お常は斜に構えた。

「この金を、とりあえず、家主の市兵衛さんに預けるんだよ。その上で、入用なときは、その都度帳面につけて出してもらうようにすれば、いくら使っていくら残ってるかってことも分かるし、安心じゃねぇか」

六平太の提案に、夫婦は大きく頷く。

するとすぐ、お常は手拭いで五両を包むと、

「今すぐ、これを持って市兵衛さんの家にお行きっ」

留吉の膝の上にどんと置いた。

「分かった。秋月さん、おれと一緒に来て、市兵衛さんにうまく事情を話してもらいてぇ」

「おぉ」

　六平太は請け負うと、留吉に続いて暗い路地に飛び出した。

「おい、お常。帰る時分にゃ足元が暗ぇから、家の明かりは点けとけよぉ」

　そんな声を掛けて駆け出した留吉を、六平太が追った。

「分かってるよぉ」

　背後からお常の声が掛かるとすぐ、『市兵衛店』に、六つ（六時頃）を知らせる鐘の音が微《かす》かに届き始めた。

第四話　春待月

一

師走のことを、春待月《はるまちづき》とも年積月《としつみづき》とも称するらしい。

月が変われば新春になるし、歳《とし》を重ねることになるから、二つとも尤《もっと》もな呼び名ではある。

十二月三日の朝、秋月六平太《あきづきろっぺいた》は夜が明けるとすぐ起き出した。

心地よく目覚めたせいか、体がよく動いた。

竈《かまど》に火を熾《おこ》して飯を炊き、味噌汁《みそしる》も作り、目刺しまで焼いて朝餉《あさげ》を済ませた。

その後、箸《はし》や茶碗《ちゃわん》などを洗い終えると、長火鉢を前にして座り、自ら淹《い》れた茶をのんびりと飲んでいた。

「おはよう」

戸の外から妹、佐和《さわ》の声がしたのは、家の中に朝日の射《さ》しこむ五つ（八時頃《ごろ》）という頃おいだった。

「おう」

六平太が返事をするとすぐ腰高障子が開いて、佐和が入り、

「朝餉はお済みのようですね」

そう言いながら土間を上がる。

「朝からなんだい」

「『ち』組の頭のおかみさんから、漬物をいただいたから、お裾分《すそわ》けに」

そう言いながら持参した風呂敷《ふろしき》包みを解くと向かいに座り、小ぶりの丼《どんぶり》を火鉢の猫板に置いた。

『ち』組の頭というのは、佐和の亭主、音吉《おときち》が纏持《まといも》ちを務める浅草の火消し、十番組『ち』組の鳶頭《とびがしら》のことである。

丼には瀬戸物の皿が蓋《ふた》代わりに載せてあったが、美味《うま》そうな匂《にお》いが広がった。

「届け物をしたついでに、年越しの支度を忘れないようにって、それを言おうと思って来たんです」

佐和は、膝《ひざ》の上で風呂敷を畳みながらそういう。

「八日は新年を迎える支度に取り掛かる事始めの日ですから、家の中で足りないもの、

入用なものに気付いたら書き留めておいて、歳の市に出かけて買い揃《そろ》えるようにしてくださいね」

「分かった」

返事をした六平太は、湯呑《ゆのみ》の茶を飲み干した。

「あぁ。さっき声がしたと思ったら、やっぱり佐和ちゃんだ」

戸を開けて土間に入り込んできたのは、向かいの棟に住む留吉《とめきち》の女房のお常《つね》だった。

「おはよう」

佐和の声に、お常も「おはよう」と応じて框《かまち》に腰を掛けた。

するといきなり、

「大根の漬物の匂いがするね」

お常が鼻を動かした。

「佐和の土産《みやげ》だから、後でお常さんにも分けるよ」

「そりゃありがたいけど、漬物を届けに朝からわざわざ来たのかい」

「ううん。ほら、新年の支度を忘れないようにってね」

佐和が笑って答えると、

「佐和ちゃん、こっちにはあたしがいるから、それは任せておくれよ。八日が事始めで、十三日の煤払《すすはら》いには、一年の溜《た》まった埃《ほこり》を払い落として、十七日になったら浅草の歳の市だから、忙しくなるね」

一気に並べ立てて、お常は大きく息を継いだ。

「兄上、八日の事始めには笊《ざる》か目籠《めかご》を竿《さお》の先に吊《つ》るし、物干し台に立ててくださいね」

「そうそう。天から降って来る福を籠一杯拾わなきゃいけないしねぇ」

お常が真顔でそういうと、

「お常さんとこはとっくに福は受け取ったし、今年は籠なんかいらねぇはずだよ」

六平太は、からかうように謳《うた》いあげた。

「え、どうして」

佐和が、お常に眼《め》を向けた。

「佐和ちゃんだからいうけどさ」

声をひそめると、亭主の留吉が、大工仕事の腕を発揮したおかげで盗賊の侵入を阻止したということで、仕事先の茶問屋から五両（約五十万円）という礼金が出たのだと打ち明けた。

「それは、おめでとう」

相好を崩した佐和が、まるで我がことのように祝辞を口にした。

「秋月さん、おいでかな」

路地の方から、しわがれた声がすると、

「市兵衛《いちべえ》さんの声だ」

框から腰を上げたお常が戸を開けて、「ま、どうぞ」と市兵衛を招き入れた。

「いま、お常さんの家に行ったんだよ」

渋い顔をした市兵衛はそういうと、

「こりゃ、佐和さんも来ていたのかい」

板の間の佐和に眼を留めると、框に腰を掛けた。

「ご無沙汰《ぶさた》してまして」

市兵衛は、佐和に挨拶《あいさつ》された途端、目尻《めじり》を下げた。

「なんのなんの」

「市兵衛さん、うちに寄ったたっていうのは、なにかご用でも」

土間に立っていたお常は、心当たりがなさそうに首を捻《ひね》った。

「今朝早く、仕事の出がけに家に寄った留吉が、とんでもないことを口走ったんだよ」

市兵衛は渋い顔をした。

留吉は、普段世話になっている『市兵衛店《いちべえだな》』の住人たちを料理屋に招きたいので、一両を引き出したいのだと市兵衛に申し入れたという。

茶問屋から貰《もら》った礼金の五両の置き場に苦慮した留吉は、六平太の勧めに従って、家主の市兵衛に預けていたのである。

「さらに、市兵衛さんも料理屋にお出《い》で願うつもりだから、そのおつもりでなどと。それで、わたしは声を荒らげたんだ。長屋のみんなもわたしも、そんなご馳走《ちそう》より、留吉夫婦が浮かれることなく、つましく、いつも通り、健やかに明るく暮らすことを喜ぶんだと、そう言って聞かせたよ」

「ありがとうございます。市兵衛さん、よく言ってくださいました。誰かから厳しい声が掛からないと、あの男はすぐ浮かれてしまう粗忽《そこつ》ものなんです」

お常は深々と頭を下げた。

「そんなことを言っちゃ留吉おじさんが可哀《かわい》そうだわ。悪気があったわけじゃないんだから」

「佐和ちゃん駄目。そうやって誰かに庇《かば》われると、すぐまた図に乗る男なんだからっ」

お常が声を荒らげると、

「お常さんからも、やんわり釘《くぎ》を刺しておくれよ」

「大工の留さんに釘を刺せとは、市兵衛さんも洒落《しゃれ》がきつい」

六平太が口を挟むと、

「兄上っ」

窘《たしな》める佐和の声が飛んだ。

「佐和ちゃん、用が済んだのなら、家に寄っていかないかい。婆《ばあ》さんも喜ぶだろうし」

腰を上げた市兵衛の誘いに、

「ええ。おこうさんにも挨拶したいし、これからご一緒に」

佐和は市兵衛の女房の名を口にすると、火鉢の縁《へり》に手を突いて立ち上がった。

日が沈んで半刻《はんとき》（約一時間）も経《た》つと、『市兵衛店』の路地はかなり薄暗くなった。

六平太は、路地に置いた七輪で鰯《いわし》を二尾、焼いている。

その煙が、流しの壁の格子窓から、路地へと流れ出ていた。

今日一日、六平太は外にも出ず家の中でだらだらと過ごしたが、そんな日は、滅多にあるものではない。

夕方近くになって浅草御蔵前、森田町《もりたちょう》の『よもぎ湯』に行き、その帰りに鰯を二尾買い求め、夕餉の膳《ぜん》に載せることにした。

飯は朝炊いた分が残っていたし、昼餉用に作った味噌汁も残っていたから、佐和が置いて行った漬物を添えれば、夕餉としては、立派に調う。

油がチリチリと音を立て始めると、焼いていた鰯を皿に取った。

「おぉ、美味そうな煙の匂いがするじゃありませんか」

そんな声を上げながらやってきた留吉が、七輪に顔を近づけた。

「今、帰ったのか」

「へぇ」

笑みを浮かべた留吉は、

「朝方はどうも、お騒がせしちまったようで」

頭を片手で撫《な》でた。

「市兵衛さんに話した料理屋の件、お常に大目玉を食いました。それについちゃ、佐和ちゃんが庇い立てをしてくれたそうで。佐和ちゃんに会うことがあったら、秋月さんから、よろしく言っといてくださいよ」

「分かったよ」

六平太が笑顔で頷《うなず》くと、留吉は片手をあげて、

「それじゃ」

自分の家の方に足を向けた。

するとすぐ、

「おぉ、秋月さんなら、二階家の一番奥だ」

誰かに返事をする留吉の声がした。

六平太が振り向くと、尻っ端折《ぱしょ》りをして股引《ももひき》を穿《は》いた足を晒《さら》している菅笠《すげがさ》の男が路地に立ち、

「町小使の者ですが、木場《きば》の『飛騨屋《ひだや》』さんから文《ふみ》を預かって来ましたんで、お読みんなったら、返事を伺いたいんでやす」

懐《ふところ》から表書きのある書状を差し出した。

町小使というのは、かさばらない荷物や文、言付などを、江戸府内の近い場所に届けるのを専らにしている商売である。

六平太は表書きを外すとすぐ、本文に眼を通す。

文には、明日の九つ（正午頃）、浅草下平右衛門《しもへいえもん》町の料理屋『ゆき村』で昼餉をどうかとの、山左衛門《さんざえもん》の問いかけが書き記されていた。

「先方さんには、おれは承知したと伝えてもらいたい」

六平太がそういうと、「承知しました」と頷いて、町小使はきびきびとした動きでその場から駆け出して行った。


口入れ屋『もみじ庵《あん》』の表で、臙脂《えんじ》色の暖簾《のれん》がふわりと風に揺れていた。

神田岩本《いわもと》町界隈《かいわい》には小店《こだな》や居職《いじょく》の職人の家が多く、日本橋ほどではないが、朝早く

から忙しく人の動きが見られた。

今朝、早々に朝餉を摂《と》った六平太は、五つ半（九時頃）の鐘が打たれた時分に『市兵衛店』を後にしていた。

浅草下平右衛門町の料理屋『ゆき村』で山左衛門と会うのは九つだったが、その前に『もみじ庵』に寄って、付添い仕事があるかどうかを確かめておくことにしたのである。

六平太が臙脂色の暖簾に手を伸ばそうとすると、中から戸が開き、図体《ずうたい》の大きい二人の男が出てきた。

「あ、こりゃ秋月さん」

元は相撲取りだった細めの男が、にこりと笑みを浮かべて頭を下げた。

「仕事にありついたか」

「へい。石を積んだ大八を曳《ひ》きに行きます」

もう一人の、やけに頬骨《ほおぼね》の張った大男がそう返答すると、元相撲取りの男と並んで小伝馬《こでんま》町の方へ歩き去った。永代橋《えいたいばし》を渡って、深川《ふかがわ》の石置き場に行くのかもしれない。

「ごめんよ」

暖簾を割って土間に入ると、

「声が届いてましたよ」

板の間の帳場《ちょうば》に着いていた忠七《ちゅうしち》が顔を上げた。

「師走になると何かと忙しいもんで、仕事のことを聞いておこうと思ってね」

框に腰掛けた六平太は、帯から抜いた刀を板の間に置いた。

「そろそろお出でになると思って、付添いの日にちと依頼先の名、それに迎えに行く場所を書付にしておきましたので」

忠七は、帳面に挟んでいた書付を六平太に差し出した。

「十二月十日、本郷二丁目の味噌屋『野島屋《のじまや》』の娘、日本橋へ付添い。十六日、神田三島町《みしま》、小間物屋『松栄堂《しょうえいどう》』のご隠居の、芝への墓参。二十一日、横山町《よこやま》の木綿《もめん》問屋は、娘とその友人二人と、神田明神の歳の市」

そこまで読んで顔を上げると、

「とっつぁん、例年混み合う神田明神の歳の市に、娘三人の付添いっていうのは、勘弁してもらいてぇな」

六平太は、掠《かす》れるような声で頼み込んだ。

「駄目ですか」

「娘たちは好き勝手に動くし、おれの言うことなんか聞かねぇから、用心のしようがないんだよ。いっそのこと、今出て行った元相撲取りとその相方二人に頼んだ方が、破落戸《ごろつき》も娘に近づかなくていいと思うがねぇ」

六平太の申し出に、どうしたものかと腕を組んだ忠七は、小さく唸《うな》り声を洩《も》らした。

浅草下平右衛門町の料理屋『ゆき村』は、神田川が大川《おおかわ》に注ぎ込む辺りの北岸、代《だい》地《ち》河岸の傍《そば》にあった。

この辺りはよく通るところでもあり、河岸に付けた船に何度も乗り降りをしていた場所だが、六平太はこれまで、料理屋『ゆき村』の客になったことはなかった。

口入れ屋『もみじ庵』で、神田明神の歳の市に行く娘三人の付添いは二人以上の付添いが要るという六平太と、それを渋る忠七の話し合いは、かなり長引いた。

結局は、元相撲取りと相方の二人を付添いにすることで話が纏《まと》まり、九つの鐘が打ち終わった直後に、『ゆき村』に駆け付けたのである。

三和土《たたき》に入り、『飛驒屋』の名を言うと、六平太は二階の角部屋に通された。

自分もたった今来たばかりだと口にした山左衛門は、

「急なことにも拘《かか》わらず、お出でいただいて恐れ入ります」

丁重に頭を下げた。そして、六平太を案内して来た古手の女中に、昼餉の膳を運ぶよう声を掛けた。

若い女中たちは、すぐに膳を運び入れ、六平太と山左衛門の前に昼餉の膳が整えられた。

最初だけ、女中の酌を受けて酒を飲むと、

「あとはわたしらだけに」

山左衛門は女中たちを部屋から去らせて、食べ始めることにした。

「秋月さん。実は、『飛騨屋』の養子を決めたのですよ」

食べ始めてしばらくすると、山左衛門が落ち着いた声でそう言った。

「それは」

六平太が問いかけると、

「木場の材木問屋『吉野屋』の川並鳶《かわなみとび》の、五郎松《ごろうまつ》さんでして」

「なるほど」

山左衛門の口からその名が出ることは、なんとなく予想はしていた。

六平太は、大きく頷くと、

「あの男なら、登世《とせ》さんの婿としてはいうことありませんよ」

素直な思いを口にした。

「いえ。五郎松さんの人柄は申し分ないことは分かってますが、なにも、登世の婿にというわけじゃないんですよ」

山左衛門の言葉に、六平太は思わず眉《まゆ》をひそめた。

「五郎松さんのことは、登世にも言ってはおりませんし、『吉野屋』さんにも五郎松さん本人にも、養子にほしいということは、まだ話をしてはいないんですよ」

　そういうと、山左衛門は大きく息を継ぐと、

「秋月さんもご存じの通り、登世には、以前婿養子を取ったものの、相手の人柄のことなどでうまく行かず、縁切りになったという出来事がありました」

　山左衛門のいうその出来事は、六平太も知っている。

　婿になった男の狭量な人格や細かすぎる性格に嫌気が差して、登世が追い出しにかかった末、遂《つい》に離縁に持ち込んだ一件である。

　それ以来、登世は婿取りには慎重になり、頑《かたく》なに拒むようになって、挙句には『いかず連《れん》』というものまで立ち上げたのだ。

「婿養子の件を持ち出すと、登世がどんな動きに出るか、父親としても恐れが先立つのですよ」

　山左衛門はそういうと、大きく息を吐いた。

「でしたら、まず、五郎松さんを登世さんの婿としてではなく、『飛騨屋』の跡取りとして迎えたらどうですか。その件を話して、登世さんが果たしてどう出るかです」

　六平太が考えを述べると、

「それはそれで、恐ろしい気がしますが」

　山左衛門は小さな吐息を洩らす。

「登世さんから何か文句が出たら、『飛騨屋』の暖簾を後世に繋《つな》ぐためだというしかありますまい。もし、何も返って来なければ、登世さんには他家への嫁入りを勧めてもいいし、それが嫌だというのなら、日暮里《にっぽり》の別邸で暮らして行けるよう算段なすったらいいのじゃありませんかねぇ」

六平太が話し終えると、山左衛門は「うう」と小さく唸り、

「なるほど。それしかありませんかなぁ」

両ひざに手を置くと、ゆっくりと天井を見上げた。

二

西日を正面から受けた六平太が、音羽《おとわ》の毘沙門《びしゃもん》の若い衆である弥太《やた》とお茶ノ水河岸の坂を大股《おおまた》で下っている。

六平太が『飛騨屋』の山左衛門と料理屋で顔を合わせた日の翌日である。

口入れ屋『もみじ庵』から、今朝になって、急遽《きゅうきょ》付添い仕事を押し付けられた六平太は断わることもならず、昼過ぎから、日本橋の昆布問屋の娘の踊りの稽古《けいこ》への行き帰りを付添ったのだ。

その仕事を終えて『市兵衛店』に戻り、白湯《さゆ》を呑《の》んで一息入れていると、弥太がや

って来て、

「おりき姐《ねえ》さんの行方が分からなくなりましたので、こちらに来てみました」

そう口にしたのである。

弥太の話によれば、今朝家を出たおりきは、牛込二十人町《うしごめにじゅうにんまち》の御家人の家で娘の髪を結いあげた後、屋敷を出たところまでは分かっている。

ところが、その後行くことになっていた牛込馬場下町《ばばしたまち》の蠟燭屋《ろうそくや》の使いが、

「おりきさんがまだ来ない」

と音羽の居酒屋『吾作《ごさく》』の菊次《きくじ》のもとに走って知らせたという。

いつも娘の髪結いをしてくれるおりきから、『吾作』のことを聞いていた蠟燭屋の主は、菊次とも親交を深めており、蠟燭などを音羽の寺社に届けた時など、居酒屋『吾作』の客になるというほどの間柄になっていた。

「何かあったら、音羽に知らせを」

六平太は、大家の孫七《まごしち》にそう言うと、弥太と共に音羽に向かったのだ。

関口駒井町《せきぐちこまいちょう》にあるおりきの家を出た六平太は、人通りのない目白坂で足を止めた。

坂上の目白不動近くにある常夜灯の微《かす》かな明かりが見える。

近辺の人家に灯はないものの、頭上では星が冴《さ》え冴《ざ》えと輝いていて、歩くのに難儀

するようなことはなさそうだ。

六平太が、弥太とともに音羽に着いたのは、日暮れ間近だった。

毘沙門の甚五郎《じんごろう》の家に戻る弥太と別れると、おりきの家に向かった。

雨戸の閉まった家の中に入るとすぐ、行灯《あんどん》の明かりをともした。

長火鉢のある居間にも、隣りの寝間にも、髪結いの道具箱は見当たらない。

やはり、おりきは今朝出かけたまま、帰って来た気配は窺《うかが》えなかった。

じっとして待つよりもと、六平太は台所に下りて、竈で火を熾すことにした。

湯を沸かしたり、長火鉢に炭を置いたりすれば家の中は温まるし、茶ぐらい淹れられると踏んだのだ。

「うちの親方が、なにか食い物を届けましょうかと言っておりますが」

長火鉢に掛けた鉄瓶から湯気が立ち昇り始めた頃、毘沙門の若い衆の六助《ろくすけ》がやって来て、甚五郎の気遣いを届けてくれた。

「ありがたいが、五つ（八時頃）の鐘を聞いたら、おりきの家に書置きを置いて『吾作』に行くつもりだと伝えてくれ」

そんな言付けを託して、六助を帰らせた。

だが、それから半刻経っても、おりきが帰って来ることはなく、長火鉢の炭火に灰をかぶせると、六平太はおりきの家を後にしたのである。

目白坂の下方は、護国寺《ごこくじ》門前へ通じる幅の広い参道が始まる音羽九丁目や甚五郎の家のある桜木町《さくらぎ》があり、繁華な町の明かりが星のように瞬いていた。

坂道を下りた六平太は、参道と並行している弦巻川《つるまきがわ》の小さな流れに架かる小橋を渡ると左に折れて裏道に入り、北へと足を向けた。

九丁目の半ばを過ぎると、八丁目の角地にある居酒屋『吾作』が見えた。

戸口の障子に明かりが映っているものの、提灯《ちようちん》の火は消され、縄暖簾《なわのれん》は外されている。

六平太が戸を開けて店の土間に足を踏み入れると、板場近くの天井に下げられた四方の明かりの下に、甚五郎や菊次、その女房のお国《くに》が四角い卓を囲んでいるのが眼に入った。

「どうぞ」

甚五郎が、自分の隣りの、座布団を載せてある腰掛代わりの酒樽《さかだる》を手で指した。

六平太は小さく頷き、甚五郎の隣りに腰掛けた。

卓の上には、煮物や焼き物などの料理が四品と徳利《とつくり》が三本、並べられている。

お国は何も言わず、小皿と箸、それにぐい飲みを、てきぱきと六平太の前に置く。

「兄ィ、どうする。腹ごしらえが先か、酒か」

「酒だ」

六平太は菊次に返答するなり、徳利を摑《つか》んで自分のぐい飲みに注ぎ、そして一気に酒を呷《あお》った。

「けど、どうなったんだろうね、おりきさん」

お国が呟いたが、誰からも声はない。

「秋月さん、おりきさんの家には」

「ここにいると、書付を」

六平太が返事をすると、甚五郎は小さく頷く。

「しかし、おりき姐さんが道に迷うはずはねぇし、いったいこりゃ何なんでしょうね頭。神隠しですかね。それとも、誰かにかどわかされたとか」

「こんな時に、お前さんうるさいよ」

お国の叱責《しっせき》が飛んで、菊次は口を閉じた。

「おれへの恨みを、おりきに向けた者がいるのかもしれねぇ」

六平太が呟《つぶや》くと、

「なにか、心当たりでもあるんですか」

菊次が身を乗り出した。

「付添い稼業を請け負っていると、町中の破落戸、はぐれ者などから人を守るために、痛い眼に遭わせることも度々あるからな。知らない間に大なり小なり、いろいろと恨みを買うことはあるさ」

小さく苦笑いを浮かべた六平太には、気懸りがひとつあった。

先日、小間物屋『寿屋《ことぶきや》』の小僧になっている穏蔵《おんぞう》から聞かされた一件である。

矢取り女のお蘭《らん》に、秋月六平太の情婦を知らないかと尋ねた年配の侍がいたのだと、穏蔵は口にした。

戸の開く音がすると、

「悪いが、今夜はもう店仕舞いだよ」

菊次が、戸口に立っている蓬髪《ほうはつ》の人影に声を掛けると、

「秋月さんに用事でしてな」

人影が店の中に入って来ると、薄汚れた墨染の衣を纏った蓬髪の熊八《くまはち》の顔が明かりに浮かび上がった。

「皆様方、お久しぶりで」

六平太に用事があれば、浅草元鳥越町《もとどりごえ》から音羽に知らせに来る役を務めるのは、大方が熊八である。お札を売ったり、経を読んだり謡《うた》い踊ったりして諸方を歩き回る大道芸人ということもあり、言付けを頼みやすいのだ。

「日暮れてから『市兵衛店』に戻ったら、秋月さんの家に明かりがないので、寝ているのかと戸を開けましたら、土間に、この結び文が落ちておりまして」

熊八は、懐に忍ばせていた結び文を六平太に差し出した。

「大家さんに聞いたら、音羽に行ったというので、拙者がこうして」

「熊さん、すまねぇ。なんでも食ってくれ」

六平太が促すと、

「ここにお座りなさい」

お国が腰を上げて酒樽を空けると、急ぎ箸と取り皿を熊八の前に置いた。

結び文を解いた六平太が文面に眼を遣った。

短い文面を読み終えた六平太は、その紙を甚五郎に手渡す。

「髪結い女は、預かっている。返して欲しくば、明日の夕刻七つ（四時頃）、下戸塚村荒井山、無住の放生院《ほうしょういん》に、単身参るべし」

声を出して読んだ甚五郎が、

「これは」

文面の最後に記された『跡』という文字を指さして尋ねた。

「おそらく、跡部与四郎《あとべよしろう》という、小藩の剣術指南かと」

六平太は落ち着いた声で答えた。

静かな『吾作』の中に、寒念仏の修行僧だろうか、経を唱える男の声が表から届いている。

　土間の卓を囲んだ六平太、甚五郎、そして菊次が、ゆっくりと遠ざかって行く経を聞いていた。

　浅草元鳥越町に帰るという熊八は、六平太の勧めを受け入れ、一足早くおりきの家に向かったから、今頃は眠りについているはずだ。

　お国は、今年五つになる息子の公吉《こうきち》を寝かせに店の裏手にある部屋に行ったが、戻って来ない。多分、倅《せがれ》とともに寝入ったに違いない。

　六平太は、信濃国、笹郷《ささごう》藩の登城の列の供揃えに加わるべく、口入れ屋の斡旋《あっせん》で上屋敷に行った早朝に起きた一件を打ち明けた。それは、藩内の対立に因る藩主襲撃の顛末《てんまつ》と、襲撃者の一人を六平太が斬《き》り殺した後の大まかな経緯を、二人に話し終えたばかりである。

「その、藩政の改革を口にする連中を斬れと言われて、それを断わったっていうんで、この跡部なんとかに恨みを買ったってことですかね」

「いや。恨みなんかじゃねぇよ。邪魔なんだよ」

　そういうと、六平太はぐい飲みの酒を一口飲み、

「藩内の乱れを知ったおれが生きていては、お家としては心配の種が尽きないからな。この先、おれにゆすられ続ける恐れもある」

「なるほど」

菊次は頷いた。

「それに、藩主の乗り物が若手家臣数人に襲われて、千代田のお城に行き着くこともならず、お屋敷に引き返したと知れたら、武家としては大失態なんだよ。敵に背を向けて逃げるなんざ、後れを取ることを恥とする武家としてはあるまじきことなんだ。公儀に知れたら、お家の行く末にも関わるから、何としても秋月さんを黙らせようとするだろうな」

「親方が言う通り、剣術指南の跡部って男は、その一念で動いてるはずだ」

六平太は、はっきりとそう断じた。

「だが、兄ィ。殿様の行列には、口入れ屋の他の連中もいたんだろう。そいつらのことはどうするつもりなんだろうね」

菊次が珍しく思いを巡らせた。

「ついつい、国元の不祥事やら藩内のごたごたまで、知る羽目になってしまったおれさえ始末すれば、あとはどうとでもなると踏んでるんだよ」

六平太が酒を飲み干すと、

「文にあった荒井山は高田馬場の南です。あのあたりに確か、荒れ寺があったような気がしますよ」

甚五郎はそう言いながら、六平太の空いたぐい飲みに徳利の酒を注ぎ足した。

「おりき姐さんは、そこに縛られてるんだろうか」

菊次が気遣うように声を低めた。

「いや、おそらく、他の場所に置かれてる。明日になってから、その寺に連れて来られるんだろう」

六平太は、冷静な見方をした。

「明日、放生院には、秋月さんとは離れて、わたしも密《ひそ》かに行きますよ」

「親方が行くなら、おれだって」

菊次も気負い込んだ。

「いや。二人の申し出はありがたいが、それは遠慮させてもらいますよ。それに、明日の夕刻までなら、何か手立てを巡らせられるような気もするんでね」

六平太は、二人に向かってゆっくりと頭を下げた。


朝日を浴びて流れる江戸川の南岸に沿った道を、六平太は関口水道町の方へと大股で向かっている。

日の高さから、五つという頃おいだろうと睨《にら》んだ通り、江戸川橋を渡り始めたところで、目白不動で撞《つ》かれる時の鐘が音羽界隈に響き渡った。

六平太は夜明け前に目覚めた。

隣りで寝ていた熊八の鼾《いびき》がうるさかったこともあるが、捕らわれの身になっているおりきをどうやって救い出すか、そのことに気が回って、夜中、何度も目が覚めていた。

朝の暗いうち、早々に起き出すと、

「よく寝た」

と口にして熊八も起き出した。

すると、このまま浅草元鳥越町に帰ると言うので、二人揃っておりきの家を出たのだ。

大塚仲町《おおつかなかまち》を通って行くという熊八とは目白坂の下で分かれ、六平太は江戸川橋を関口水道町へと渡るとすぐに、下戸塚村の放生院へと足を向けた。

夕刻の七つに、単身で放生院に来るようにというのが、跡部からの指示だったが、行く場所の様子を前もって知っておきたかった。

知ると知らないとでは、戦い方にかなりの違いが生じるのだ。

放生院は無住の荒れ寺だった。

庫裏《くり》も鐘楼も朽ち果て、雨露を凌《しの》げるのは、辛《かろ》うじて本堂の一部だけという有様だった。

日の出前の寺の周辺はまだ薄暗く、夕刻の七つ時分なら、もう少し明るいのではないかと思われる。

かつて本尊が鎮座していたと思われる本堂の背後には、鬱蒼《うっそう》とした藪《やぶ》と手入れもされず荒れた竹林が壁のように立ちはだかっていた。

寺やその周辺を歩いた六平太は、どう動けるか、動きにくい場所はどの辺りかを頭に入れて、音羽に引き返したのである。

目白不動の時の鐘が、捨て鐘の三つと合わせて八つを打ち終わった時、六平太は桜木町の甚五郎の家の戸を開けた。

「あ。秋月さん」

板の間にいた若者頭の佐太郎《さたろう》が声を上げると、広い土間で竹を切ったり荒縄を巻き取ったりしていた毘沙門の若い衆が、足を踏み入れた六平太を一斉に見た。

「少し前、おりきさんの家に行ったら姿がないから、心配したんですよ」

板の間の火鉢に炭を足していた弥太が、ほっとしたような声を出した。

「すまねぇ。何か用だったのか」

六平太が謝るように手を上げると、

「朝餉をここで摂ってもらおうと、弥太を走らせたんです」

佐太郎が事情を告げた。

そこへ、奥から甚五郎が姿を現した。

「早く目が覚めたもんだから、出かけてしまって。親方、みんなに心配をかけたようで、申し訳ありませんでした」

「なぁに。おちおち寝ていられないことは、お察しします」

甚五郎は、土間に立つ六平太の近くに膝を揃えた。

「実は親方、後で書付を持って来ますが、それを若い衆に届けてもらえないだろうか」

「そりゃ構いませんが」

甚五郎は頷いた。

「文にも書き添えますが、ひとつは、下戸塚村にある笹郷藩下屋敷の蔵番、川村直次郎《かわむらなおじろう》宛で。今一つは、四谷の相良《さがら》道場の下男、源助《げんすけ》に、急ぎ届けてもらいたいのですよ」

「承知しました。いつでも走らせることができるよう、若い者二人には支度をさせておきます」

甚五郎は、力強く頷いてくれた。

三

真上から降り注ぐ日射しを浴びている護国寺の境内を、多くの参拝者や行楽の人たちが行き交っていた。

春と違って冬の花は水仙くらいだが、寒牡丹《かんぼたん》や寒椿《かんつばき》を見に来る人もいた。

ほんの少し前、九つを知らせる鐘の音が、方々の寺々から鳴り響いたばかりである。

境内の西方にある西国札所を後にした菅笠《すげがさ》を被《かぶ》った六平太が、編み笠を被った川村直次郎と並んで仁王門へと近づいていた。

朝方、毘沙門の若い衆に届けてもらった川村への文には、『護国寺内、西国札所巡り、七番目傍の茶店で待つ』とだけ記されていて、『秋月六平太が四つ半（十一時頃）に待つ』ということは、使いに立った毘沙門の若い衆が口頭で伝えることにしていた。

六平太が指示した刻限と場所に、川村は姿を現したのだった。

そこで、情婦のおりきが跡部与四郎らにかどわかされた件を打ち明けて、六平太は、川村ら江戸にいる改革派数人の助力を頼み込んだ。

「おりきを取り戻したければ一人で来いというのは、おれを殺すということだ」

六平太がそういうと、川村の顔は引きつり、

「秋月殿がお会いになった山中百助《やまなかももすけ》と上屋敷の須藤《すどう》さんは、なんとか剣術の立ち合いは出来ると思いますが、わたしを含め、ほとんどの者は真剣を振り回したことはないと思います。そんな我らが、日頃、跡部与四郎の元で剣術の鍛錬をしている連中と渡り合えるはずもなく」

助力に難色を示した。

「お前さん方に、おれと一緒に剣を振るえと言ってるんじゃないんだ。相手の隙《すき》を見て、女を連れ出してくれればいいんだよ」

六平太が言葉を重ねても、川村は依然慎重だった。

「よく聞けよ。江戸の改革派がおれに近づいてると知った石田《いしだ》家老は、あんたらを斬ってくれとおれに言ったんだぞ。し遂げた暁には、笹郷藩に取り立ててやるとまで言ったんだ。だが、おれは断わった。それを少しでもありがたいと思うなら、ちっとはおれに手を貸しても罰は当たらねぇと思うが、どうだよ」

半ば脅すと、川村は仕方なく助力を承知した。

その後、放生院周辺の地形などを教えて、茶店での簡単な打ち合わせをした後、六平太と川村は仁王門へ向かっていたのである。

門前に出た川村は、雑司《ぞうし》ヶ谷《や》村を通って下戸塚村にある笹郷藩の下屋敷へと向かい、それを見送った六平太は、音羽一丁目から緩やかに下っている参道を坂下の方へと歩き出した。


八丁目の居酒屋『吾作』は、昼時だと言うのに、客はいなかった。

六平太が土間に足を踏み入れると、

「いらっしゃい」

連れ子の公吉と空いた器を片づけていたお国から、声が掛かった。

するとすぐ、板場から出てきた菊次が、

「さっき、相良道場から源助って人が来て、頼まれてたっていう荷物を置いて行きました」

六平太にそういうと、

「こっちです」

六平太の先に立って、土間の奥へと進む。

土間から一段上がった六畳ほどの部屋に上がると、菊次は、隅の方に置いてあった大きめの風呂敷包みを部屋に上がった六平太の前に置いた。

普段、菊次夫婦と公吉が寝起きをしている部屋である。

六平太が風呂敷包みの結びを解くと、畳まれた紺色の稽古袴《けいこばかま》の上に革袋が載せられていた。

「袴を穿いてみる」

独り言のように呟いて、六平太は立ち上がった。

六平太は着流しの上から袴を穿く。

「袴なら、おりき姐さんの家に一枚ぐらい置いてあるんじゃありませんか。なかったら、毘沙門の親方から借りてもいいんだし」

「いや。激しく動く稽古袴ってものは、この腰板が頑丈に出来てるんだよ」

六平太は体を回すと、袴の後ろにある腰板を菊次に叩《たた》いて見せた。

「へぇ」

大して関心を示さなかったものの、同じ風呂敷に入っていた革袋を何げなく持ち上げた菊次は、

「結構、重いね」

と声にした。

「鉄が入ってるんだよ」

六平太が返事をすると、菊次が振った革袋から、鉄のぶつかる低い音がした。

「秋月さんなら、その奥だよ」

店の方からお国の声がするとすぐ、部屋の外に思い詰めた顔付きの穏蔵が立った。

「どうした」

菊次が声を掛けると、

「六助さんに聞きましたが、おりきさんがかどわかされたっていうのは、本当でしょうか」

穏蔵は、毘沙門の若い衆の名を口にして問いかけた。

「お前は心配するな」

菊次は六平太の代わりに、深刻さを感じさせない声で返事をした。

「助けに行くとも聞きました。わたしも一緒に連れて行ってくださいっ」

「そりゃ、ならねぇ」

六平太は、穏蔵に即答すると、

「修羅場になったら、おれ一人を守るのが精いっぱいだ。他に気が取られると、自分の身が危なくなるんだ」

厳しい物言いをした。

四

日の入りまであと一刻（約二時間）ほどの間があった。

だが、西方の関口台地に日の沈む音羽界隈は、他の土地より早く翳《かげ》る。

六平太は、まだ日のある江戸川橋を渡ると、江戸川沿いの道を上流に向かって歩を進めた。

行く手にある戸塚で道を左に取って、下戸塚村へ至るのは、今朝早く、放生院に様子を見に行った時の道順だった。

黒の着物を身に着けた六平太は、相良道場から届けられた紺の稽古袴に刀を差し、頭には菅笠を被っている。

高田馬場の東端に着くと、馬場の外周に巡らされた道を西の方へ回り込んだ辺りが、跡部の書付に記されていた荒井山という土地だった。

今朝早く確認していた放生院は、鬱蒼とした木々や竹の林を背負うようにして静まり返っていた。

七つを知らせる目白不動の鐘の音が、風に乗って微かに届いた。

かつては幅も二間（約三・六メートル）はあったと思える参道は、道の左右から我が物顔で枝を伸ばした木々や背の高い雑草のせいで、体一つがやっと通り抜けられるほど狭くなっている。

その参道を通り抜け、朽ちた山門を潜《くぐ》って本堂の前に立つと、十字格子の扉が軋《きし》む音を立てて、ゆっくりと開かれた。

すると、堂内に潜んでいた襷《たすき》がけの六、七人の侍が、袴の裾《すそ》を翻して六平太の前に飛び出して来て、一斉に刀を抜く。

　顔の前の菅笠を少し持ち上げた六平太は、本堂の破れた板壁から射し込む西日を受けて立つ跡部与四郎と、すぐそばに、両腕を後ろに回されたおりきが縛られて座らされているのを眼にした。その二人を護衛するように、跡部の配下が三人いかめしく控えている。

「おれを殺すのに、お前さんらは正面から挑もうとはしないようだな。やはり、武家は卑怯者《ひきょうもの》だな」

　六平太は、薄笑いを浮かべて大音声を上げた。

「卑怯な手も、兵法のひとつよ。われらの怒りを軽く見たその方の油断が、此度《こたび》の落ち度と思うことだ」

　跡部は、動じることなく切り返すと、

「かつては武家勤めをしたと聞くに、浮かれた江戸の風に吹かれて漂うがごとき生き方は我慢ならん。主家のために身を律し、忠義に励んだであろう者が、ふらふらと気ままに世渡りをする様を見ると虫唾《むしず》が走る。世の害となる虫などは、潰《つぶ》してしまうに限るのだ」

　低く鋭い声を放ちながら、本堂を出て、縁に仁王立ちをした。

　そして、

「まず、腰のものを渡していただこう」

冷ややかに命じた。

六平太が素直に応じて、腰に差した刀に手を掛けると、

「待て」

跡部は声を発して、六平太の動きを止め、

「その者の刀は、佐野と清水が用心して、受け取れ」

六平太を取り囲んでいる配下の名を挙げた。

名を呼ばれた配下の一人は小さく返事をすると、自分の刀を鞘《さや》に納めた。だがすぐに六平太に切っ先を突き付けているもう一人の配下の刀に守られながら近づき、帯に差されていた六平太の刀を鞘ごと引き抜いた。

本堂の縁に立った跡部は、役目を果たした二人の配下から六平太の刀を受け取ると、

「その者を斬り捨てよ」

何の感情も込めず、静かに命じた。

「たぁっ！」

配下の一人が、声を上げて斬り込んできた。

その切っ先が肩に届こうという直前、体を躱《かわ》した六平太はその動きのまま、縁の跡部に向かって駆け出す。

そしてすぐ、片手を袴の後ろに回すと、腰板に横向きに挿し込んでいた四寸鉄刀の一本を引き抜いて、跡部へ向けて投げた。

「グッ」

不気味な声を上げた跡部が、喉《のど》に突き刺さった四寸鉄刀を両手で抜こうとするが、噴き出す血潮に手が滑って思い通りには行かない。

四寸（約十二センチ）ほどの鉄の棒の一方に、鋭く研がれた刃を持つ、立身《たつみ》流兵法で用いる四寸鉄刀《しゆりけん》と呼ばれる武器である。

その場に、がくりと膝を折った跡部が、やっとのことで四寸鉄刀を引き抜くと、

「これが、お主の兵法か」

そんなくぐもった声が、跡部の口から洩れた。

「立身流兵法だよ」

答えた六平太に何か言おうと跡部は口を動かすが、その度に穴の空いた喉から血が噴き出し、やがて、がくりと縁に突っ伏した。

本堂の内外にいた跡部の配下たちは、凄《すさ》まじい光景を眼にして、凍り付いたように動けないでいた。

「おのれぇっ！」

おりきの傍にいた配下が突然、獣じみた奇声を上げて刀を振り上げ、おりきを斬る

動きをした。

六平太は咄嗟《とっさ》に、菅笠の内に挿し込んでいた四寸鉄刀を引き抜くや否や、本堂の中に投じた。

それは、振り上げた配下の腕に突き刺さって、刀が床に転がった。

そこへ、本堂の破れた板壁の外から、川村ら、笹郷藩の若者が五人、抜刀して躍り込んで来た。

力蔵と山中百助はすぐにおりきの縛《いまし》めを解き、川村と須藤と初めて見る侍が、本堂で呆然《ぼうぜん》と立ちすくんでいた跡部の配下たちの腰から刀を奪い、次々と縛りあげる。

「おりき、怪我《けが》はないか」

「ええ。おかげ様で」

おりきはそう返答しながら立ち上がると、本堂の隅に置いてあった髪結いの台箱を提げて、六平太の傍に立った。

「秋月殿。ほかの者どもはなんとすれば」

川村は、戦意を失って本堂前に突っ立っている跡部の配下たちを指し示した。

「頭を討ち取れば、十分だ」

六平太はそう返事をすると、残った配下たちに、

「お前らは、跡部の死骸《しがい》をまず下屋敷に運んで、神田の上屋敷に使いを立てること

だ」

淡々と言い聞かせると、さらに、

「朽ち果てた寺だが、死骸を運ぶ戸板ぐらいはありそうだ」

六平太のそんな声に頷いて、配下たちは、戸板探しに本堂へと上がっていく。

「これはどうだ」

本堂の奥から、一枚の戸板を抱えた須藤が現れた。

埃まみれだが、遺骸を運ぶには支障はなさそうである。

配下たちは、跡部の死骸を戸板に載せると、その周りに立った。

「お前たち、上屋敷に戻ったら、跡部与四郎は国元で非業の死を遂げた側室、お蕗《ふき》の方の怨念《おんねん》によって死んだと、そう石田家老に言っておけ」

六平太が言い終わるや否や、

「くくく」

声を詰まらせた稲留力蔵が、唇を噛《か》んで顔を伏せた。


居酒屋『吾作』の店内には煌々《こうこう》と明かりが灯《とも》っているが、仕舞われた縄のれんは入れ込みの板の間に横になっている。

外の提灯の火も日暮れるとすぐに消されていた。

土間の奥の卓には酒や料理の皿が並び、六平太、おりき、甚五郎、それに菊次とお国夫婦が腰かけて、先刻から賑《にぎ》やかな飲み食いが始まっていた。

放生院で死んだ跡部の死骸は戸板に載せられ、配下の者六人が担いで、下屋敷に戻る川村ら五人と共にその場を去った。

跡部の配下の残りは、上屋敷に戻って、仔細《しさい》を報告する役目を負ったのである。

荒井山、放生院での出来事を耳にした藩主、佐々木右京大夫《ささきうきょうのだいぶ》が、どのような判断をするのかが気懸りだと、別れ際、川村直次郎は六平太にそう呟いていた。

川村らを反逆者として成敗することもある。

だが、徒士組の頭であり、藩の剣術指南の跡部が、藩政の乱れに首を突っ込んだ秋月六平太という浪人に討ち取られたということは、いずれ藩の外に洩れることは覚悟しなければならない。

しかも、放生院での一件が、讒言《ざんげん》によって手打ちにされた側室の怨念によって引き起こされたなどという噂《うわさ》が、まことしやかに流布されれば、藩主、佐々木右京大夫の場当たりの治世と、それを容認してきた石田家老に非難の眼が向けられることになるはずだと川村は断言した。

「そうなれば、石田家老を批判したくとも、跡部の謀略を恐れて口を閉ざしていた重臣の何人かが、立ち上がるということもあります。われらはそうなることを望みますが、公儀の裁定が下る前に、殿と江戸の石田家老がどう動くかで、笹郷藩の行く末は決することになるでしょう」

重苦しい声を出した川村は、六平太とおりきを残して、放生院を後にしたのだった。

「かどわかされたその日、おりきさん、いったいどこに居たんです」

お国が好奇心を露《あら》わにすると、

「猿轡《さるぐつわ》を噛まされて四手駕籠《よつでかご》に乗せられ、あちこち動いていたけれど、六根清浄って声が遠くから届いていたから、高田富士のある宝泉寺《ほうせんじ》近辺じゃないかねぇ」

他人事《ひとごと》のように返答したおりきは、盃の酒を美味そうに口に運んだ。

六平太に付添われて駒井町の家に戻ったおりきは、

「まずは、捕らわれていた間の汚れを落としてからのことですよ」

すぐに目白坂下の湯屋に飛び込んだ。

湯屋を出たおりきが、無事を祝う『吾作』の宴席に駆け付けたのは、ほんの寸刻前のことだった。

「しかし、おりき姐さんを捕まえてから六平太の兄ィに知らせるまで時が掛かった上にだよ、明日の夕刻に来いなんて、相手はやけにのんびり構えていやがったよなぁ」

そういうと、菊次は「分からねぇ」と呟きながら、盛んに首を捻り、

「だってその間に、兄ィは放生院の下見やら、四寸鉄刀とかいう手裏剣まで揃え、手

を貸してくれる侍の手配まで済ませちまったんだからさぁ」

「菊次、それがご時世ってもんだ。武家が、戦から遠のいてからかれこれ二百年以上も経てば、戦の仕方を忘れても仕方あるめぇよ」

甚五郎はそう言いながら、己のぐい飲みに酒を注ぎつつ、

「それに比べたら、秋月さんは、婦女子や爺《じい》さん婆《ばあ》さんの付添いで、生き馬の目を抜く江戸の町を年中歩き回っていなさるから、悪党相手の喧嘩《けんか》の仕方をよくご存じなのさ」

「と言いますと」

酒で顔を赤らめた菊次が、甚五郎に顔を近づけた。

「相手が何人かいたら、先に親玉を叩き潰すってことさ」

甚五郎の答えに、

「あぁ、そうそう。そうだった。おれも昔、町中で喧嘩を繰り返してた時分は、よくそんな手をね、へへへ」

思い出し笑いをした菊次が、こんにゃくの煮物を口に放り込んだ。

その時、冷たい風がすっと入り込むと、

「おや」

お国が戸口の方に眼を向けた。

「夜分、申し訳ありません」

店の中に足を踏み入れた穏蔵が戸を閉めると、奥の一同に向かって頭を下げた。

「どうしたんだ」

問いかけたのは、甚五郎だった。

「弥太さんや竹市さんから、おりきさんが無事だったと聞いたものですから」

穏蔵がそう言うと、

「心配してくれてたのかい」

おりきが穏蔵に笑顔を向けた。

「姐さん、この野郎、昼間ここに来て、一丁前に自分も助けに行くなんて、兄ィに頼み込んだんだよ」

菊次がからかうように大声を上げると、

「穏蔵さん、嬉《うれ》しいよ。ありがとう」

おりきは、真剣な顔つきをして、頭を下げた。

穏蔵もすぐに頭を下げると、踵《きびす》を返した。

「待てよ」

六平太が声を掛けると、戸口に向かっていた穏蔵が振り返った。

「祝いの席だ。お前もここに来て、一杯呑んで行け」

六平太が穏蔵の手に盃を持たせると、徳利を摑んだおりきが酒を注ぐ。

「呑め」

六平太の声に、穏蔵はほんの少し口をつけた。

「酒は初めてってわけじゃねぇんだろ」

六平太が問いかけると、穏蔵は、

「はい」

と呟く。

「そしたら、一気に飲んでしまえ」

「はい」

六平太に返答すると、言われた通り盃の酒を呑み干した。その途端、小さく噎《む》せた穏蔵は、ぺこぺこと頭を下げながら、表へと飛び出して行った。

「穏蔵お前、ふらついてどぶに落ちるなよぉ」

菊次の声掛けに、六平太とおりきは思わず顔を見合わせて、小さく笑った。

五

十二月八日は事始めの日である。

新年を迎える支度に取り掛かる日ですからね——毎年、妹の佐和に言われるのだが、取り立てて支度をすることなど、六平太には何もなかった。

下戸塚村の放生院という無住の荒れ寺で、捕らわれの身となっていたおりきを助け出した翌々日である。

今朝早く音羽を出て、浅草元鳥越町の『市兵衛店』に帰りついたのは、間もなく五つになろうという頃おいである。

木戸を潜った六平太は、大家の孫七の家の屋根と留吉の家に、笊を括《くく》りつけた竹の棒が立てられているのが、井戸端から見えた。

「あら秋月さん、お帰り」

洗濯物を放り込んだ桶《おけ》を抱えて家を出てきたお常から声が掛かった。

「お常さん、五両って福にありついた上に、もっと福を摑もうという寸法かね」

六平太が笊をぶら下げた竹竿を指さすと、

「そうだよ。住人みんなに福が行き渡るようにと思ってさ」

お常は平然と胸を張った。

「そうしたらお常さん、朝餉を食いたいおれに飯を食わせてやろうというような福の神が、この辺においでになりませんかねぇ」

「そりゃ生憎《あいにく》でしたねぇ秋月さん。今朝飯を炊いていたら余っていたはずだけど、うちのとわたしとで、昨夜の残り物で済ませてしまったんですよ」

そういうと、お常は笑って井戸に釣瓶を落とした。

中天に昇っていた日が、わずかに西に傾いた時分である。

馬喰《ばくろ》町一丁目から浜町堀に架かる土橋を渡ると、小伝馬町の牢屋敷《ろうやしき》の方へと向かった。

今朝、音羽から浅草元鳥越町に帰って来たものの、朝餉にありつくことはならず、六平太は浅草御蔵前の一膳飯屋に飛び込んだのだ。

朝餉を摂って飯屋を出た途端、神田岩本町の口入れ屋『もみじ庵』に顔を出すことにした。

時々顔を出さないと、

「もしかしたら、他所《よそ》の口入れ屋の仕事を請け負っているんじゃありませんか」

とか、

「うちを通さない付添いに精を出しているのではないですか」

とかと、主の忠七からあらぬ疑いを向けられる恐れがあるのだ。

臍《へそ》を曲げられる前に顔を出すのも、身過ぎ世過ぎと思う他ない。

「秋月さん、あなた様は福の神だ。いいところへ来てくださいました」

『もみじ庵』に足を踏み入れた途端、大仰な迎え方をした忠七から、急な仕事を頼まれた六平太は、断わりきれず、そのまま付添い仕事に出向くことになったのだ。

両国、回向院《えこういん》門前の仏具屋の娘を、神田川の柳原《やなぎわら》通にある踊りの師匠宅に迎えに行き、家に送り届けるという簡単な付添い仕事だった。

いつもなら、店の小僧か奥向きの女中に行かせるのだが、近隣の家で弔いや法事が重なって、娘の迎えに奉公人を割くことが出来ないということだった。

「誰かに踊りの稽古場に走らせて、今日は誰も迎えに行けないから一人で帰れと伝えれば済むのじゃないのか」

六平太がそういうと、

「あたしもそう言ってはみたんですがね。以前、娘さんが一人で帰ることになった時、両国橋のあの、賑やかな広小路でたむろしている遊び人やら破落戸どもから声を掛けられたり、どこかに連れて行かれようとしたりしたために、それ以来、親は娘の行き帰りには必ず人を付けているというんです」

忠七は、いかにも困ったというように、ため息をついた。

両国西広小路は、浅草の奥山に匹敵する繁華な町である。

両国広小路には料理屋をはじめ様々な商家が立ち並んでおり、それに加えて、芝居小屋や見世物小屋、人形芝居の小屋などは無論のこと、怪しげな水茶屋、楊弓《ようきゅう》場もあって、一日中賑わう。

そういう場所には、金稼ぎを目論《もくろ》む連中も集まる。

脅しに掏摸《すり》にかっぱらいが横行する。

若い女を目当てに、欲望の眼を光らせる輩《やから》が獲物を狙っているのだ。

「分かったよ」

忠七の沈痛な面持ちに負けた六平太は、付添いを引き受けることにした。

神田川の南岸、柳原通にある踊りの指南所に行って、親から付添いを頼まれた経緯を娘に伝えると、

「そんなものはいらないわよ」

大きなお店の娘御とは思えないような、ぞんざいな口を利いた。

付添い稼業をしていて見聞きした、一人歩きの娘に起きた悲惨な出来事を幾つか話すと、仏具屋の娘は、六平太の付添いをしぶしぶ受け入れた。

しかし、本所《ほんじょ》の回向院門前まで歩いて行くことは、激しく拒んだ。

どうやら、いつも迎えに来る手代や女中に口止めをして、家の近くまでは町駕籠に乗って帰っていたようで、六平太にも駕籠を雇うよう命じた。

その駕籠代は誰が持つのかと尋ねたら、

「それは付添い屋の賃銀から払ってくださいな」

娘は平然と答えた。

冗談じゃない――六平太は腹の中で声を荒らげたが、それは表に出さず、

「わたしらの稼業の一日の付添い料は、だいたい一朱（約六千二百五十円）というところです」

そう切り出した六平太は、今日の付添いは迎えだけの半日の仕事だから、一朱の半分の百二十五文（約三千百二十五円）だと教え、

「町駕籠で柳橋から浅草山谷堀まで行けば、百四十八文（約三千七百円）は取られる。それが、柳原から本所回向院までなら、七十文（約千七百五十円）ぐらいで済むとは思うが、半日の手間賃から、あんたの駕籠代を払うとなると、おれの取り分は五十五文（約千三百七十五円）にしかならないんですよ」

家には食べ盛りの子供が三人もいて、親の稼ぎを待っているのだと泣きを入れた。

それを聞いて、歩きで帰ることを仕方なく承知した娘を、六平太は回向院門前まで送り届けると、神田岩本町の『もみじ庵』に向かっていたのである。

「今、戻ったよ」

そう言いながら『もみじ庵』の暖簾を割って土間に足を踏み入れた六平太は、「ああ」と声を上げて、板の間に仰向《あおむ》けになった。

「本所までなら、さぞ、楽な付添いだったでしょ？」

そう言いながら帳場の机を立った忠七が、六平太の顔の近くに百二十五文を置いた。

「駕籠に乗りたいだのなんだの、我儘《わがまま》な娘で往生したよ」

上体を起こした六平太は、板の間に置かれた、四文銭（約百円）の混じった賃銀を摑んで、巾着に落とす。

忠七はすぐに、帳場格子に下げていた帳面を取ると、

「しかしまぁ、苦あれば楽ありという通り、ついさっき、『飛驒屋』の登世さんから付添いのご依頼が届いておりますよ」

書いた紙面に眼を留めて、

「屋根船で師走の大川を眺めるので、明日の八つ（二時頃）、浅草下平右衛門町の代地河岸にお出で願いたいとのことですが」

「承知した」

「しかし、付添い仕事がこうも続くとは、秋月さんには福の神が取りつきましたかね。ひひひ」

忠七は、妙な笑い方をして帳場に戻った。

その時、土間の戸が開き、入ってきた川村直次郎が六平太の顔を見て、

「あ。おいでてでしたね」

安堵《あんど》の声を洩らした。

するとすぐ、稲留力蔵も土間に入ってきた。

「どうした」

六平太は、腰掛けていた框を下りて土間に立った。

「音羽の居酒屋『吾作』さんを訪ねたら、元鳥越に帰られたとのことでしたので『市兵衛店』に行きましたら、お常さんというお人が、秋月さんなら神田の口入れ屋かも知れないと申しましたので」

川村は律義に、『もみじ庵』に至った経緯を述べると、

「お話がございます」

声を低めた。

頷いた六平太は、板の間に置いていた刀を摑み、腰の帯に差した。

床几に腰掛けた六平太の向かいに、背筋を伸ばした川村と力蔵が並んで腰かけている。

六平太は、訪ねてきた二人を、『もみじ庵』からほど近い神田堀の茶店に案内していた。

「お待たせを」

白髪交じりの老爺《ろうや》が、運んできた茶菓を三人の横にそれぞれ置くと、奥へと引っ込

んだ。

「呑めよ」

湯気を上げる湯呑を手にした六平太は、二人に勧めた。

「われらが殿の登城の列を襲った、一件以来の騒動の責を取り、江戸筆頭家老の石田様は、昨日、自邸にて、切腹なされました」

低い声ながら、川村ははっきりと口にすると、

「つまり、国元で起こった失政の数々は、すべて、藩の重責を担うべき己にあるとの遺言を認《したた》めておられたと聞いております」

そう続けた。

六平太は、湯呑を口に運んで一口啜る。

「筆頭家老の石田様とは一線を画しておられた、二人のご家老、留守居役、勘定奉《かんじよう》行ら重臣の方々は話し合いを持たれて、過去における藩政を糺すとともに、新たな人材の登用を図ることに決したとも聞きました」

川村は、茶のことを忘れたかのように口を開いた。

「石田家老は、藩主に責が及ばないようにてめぇ一人ですべてをひっ被ったのだろうが、その切腹だけで、果たしてことは済むかな。遺言があるとすれば、力蔵の義姉の不貞という汚名は拭えるだろうが、佐々木右京大夫も、藩主としての責を問われるん

じゃねぇのかね」

六平太が静かに口を開くと、川村と力蔵はため息をついて小さく頷いた。

「公儀の出方次第だが、お家は最悪お取り潰しの憂き目にあうことは、お前さんらも覚悟しておけよ」

「やはり、そうなりますか」

川村の口から、切なげな声が洩れた。

「罰としてどこかに転封《てんぽう》されるということもあるが、笹郷藩は一万二千石。それより石高の少ない転封先なんか、どこにあるんだよ」

六平太がそういうと、川村と力蔵は、困惑して首を捻った。

「もしかしたら、佐々木右京大夫は他家にお預けとなって、新たな藩主が送り込まれることになるかも知れん。それは、覚悟しておくことだ」

「はい」

川村が声を出すと、力蔵は頷いた。

「われらがどうなるか、それは分かりませんが、好いたお人のために、我が身を危機に晒《さら》す秋月殿のようなお人がおいでになると知って、大いに心打たれ、わたしは大いに奮い立ちました。少々のことではめげまいと心に決めました。そうすれば、必ずや藩政の改革が成るはずだと、いや、そう成るように努めようと存じます」

「だがな、川村さん」

「はい」

「事は、急ぐなよ」

六平太が笑みを交じえて口を利くと、

「はい」

川村は、両手を膝に置いて背筋を伸ばした。

すると、その隣りの力蔵が、

「秋月様」

思い詰めた声を向けた。

「此度、秋月様のお力を得て、兄や義姉の無念を晴らすことが出来ましたこと、まことに、まことに」

後の言葉が続かず、力蔵は深々と頭を下げた。

「分かった分かった。もう何も言うな。おれはそんな湿っぽいのはどうもいかん」

六平太は慌てて腰を上げると、

「ここの払いはおれがして行くから、菓子を食って茶を飲んでから帰れ。それじゃ、二人とも達者でな」

逃げるようにその場を去った。

六

浅草元鳥越町から浅草下平右衛門町へ向かう途中、屋根に立てた竹竿に目籠や笊を下げた家を何軒も眼にした。

事始めの昨日、信心深い連中が立てたものだろう。

六平太は、朝に炊いていた飯の残りを湯漬けにして昼餉にすると、登世が屋根船を着けると言う大川西岸の代地河岸へと向かっていた。

『もみじ庵』の忠七によれば、師走の大川を眺めるというのが登世の趣向のようだが、この何日も雪は降っておらず、おそらく上流の木母寺《もくぼじ》辺りでも雪景色を見ることは叶《かな》わぬはずである。

おそらく、何らかの口実を作って、知り合いたちと船遊びをしようという魂胆なのだろう。

浅草橋の一つ手前の道を左に折れた六平太は、下平右衛門町の先の代地河岸に立った。

川風は吹いているが、強くはなく、身が凍りつくほど冷たくもない。

大川の西岸から対岸の本所までは百間足らずの隔たりがあった。

その川面《かわも》を、人を乗せたり荷を積んだりした猪牙船《ちょきぶね》や荷足船《にたりぶね》などがのんびりと行き交っている。

下って行く釣り船を見送った六平太の眼に、舳先《へさき》を岸辺に向けて近づいて来る日除《ひよけ》船《ぶね》とも呼ばれる屋根船が見えた。

舳先に立って棹《さお》を差していた四十絡みの船頭が、六平太の近くの岸に船べりを着けると、

「着きましたよ」

船頭が、屋根から垂れている簾《すだれ》の中に声を掛けた。

すると、垂れた簾をほんの少し持ち上げて顔を覗《のぞ》かせた登世が、手招きをした。

六平太は差していた刀を取ると、船に乗り込み、草履を脱いで屋根の下に入り込む。

するとすぐ、意外そうに辺りを見回した。

船の中には、登世の他に人は居なかった。

「よく来ていただきまして」

登世は手を突くと、小さく笑みを浮かべた。

「それでは、船を出します」

中の二人に声を掛けた船頭は、静かに簾を下ろした。

舷側《げんそく》を背にした六平太と登世は、真ん中に置かれた櫓炬燵《やぐらごたつ》を挟んで向かい合った。

敷物の上に置かれた炬燵の近くには、酒肴《しゅこう》の載ったお盆が用意されており、丁寧に手あぶりまでも置かれていた。

岸を離れたらしく、船は軽く揺れながら水面を進み始めた。

「とりあえず、浅草の方に向かってもらうことにしましたので」

「はい」

六平太が頷くと、登世が、酌をするように徳利を差し出す。

「登世さんに酌なんかさせられませんよ」

「最初だけ」

笑みを浮かべてはいるものの、登世の様子には、強い意志のようなものが窺えた。

「では」

六平太は、盃を差し出した。

酌を受けると、今度は六平太が徳利を受け取り、登世に勧める。

すると、登世は躊躇《ためら》いもせず六平太の酌を受けた。

「この一年、なにかとお世話になりまして」

盃を軽く掲げた登世に倣い、六平太も盃を掲げて、呑んだ。

「しかし、船にはどなたかが一緒だと思ってましたが」

「どうして」

「師走の大川を行くなどという風流な船遊びを思いつくのは、山左衛門さんのような気もしたし、案外、『いかず連』の誰かかも知れないなどと」

六平太は笑って、徳利に手を伸ばした。

「『いかず連』の誰かも一緒だとお思いになったのですか」

「誰、ということはなく」

「お千賀《ちか》ですか」

「ですから、誰ということじゃなく」

徳利を盃に傾けさせていた六平太は、慌てて手を止めた。

酒を呑んだわけではないのに、今日の登世はいつになく絡んで来る。

気を取り直して酒を注ぐと、六平太は一気に呷《あお》った。

「わたし、お父っつぁんから、木場の材木問屋『吉野屋』さんの川並鳶、五郎松さんを『飛驒屋』の養子にするんだと打ち明けられました」

「そりゃ」

そのことは以前、登世の父親の山左衛門から聞かされていた六平太は、突然のことに、なんと応《こた》えたものか、言葉に詰まった。

「それによれば、五郎松さんの実家も、喜んで養子に出すということのようです」

登世は、感情を籠めない物言いをした。

「それで、何か心配ごとですか」

「心配というか——いいえ、心配はないんです。五郎松さんはあくまで『飛驒屋』の養子であり、わたしの婿にするということではないと、お父っつぁんはそうはっきりと言いましたから。だから、五郎松さんが養子になっても、他所に嫁ごうが独り身を通そうが、わたしの好きにしていいと——」

小さな吐息をついた登世は、盃に手を伸ばすと、ゆっくりと口に運んで、一口呑んだ。

「しかしそりゃ、独り身を通すと謳っている『いかず連』としては、ありがたい話じゃありませんか」

「でも」

いつもと違って歯切れの悪い登世は、酒の残った盃をお盆に置いた。

「もしかして、あの五郎松なら、婿にしてもいいと思い始めましたか」

六平太が思い切って鎌をかけた。

すると、

「いいと言うか——」

歯切れの悪い登世は、迷いをも見せた。

「おれは、あの五郎松はいいと思うがねぇ。一番に、気性がいい。その上、頼りがいがある」

「ええ」

控え目ながら、登世から心情が零《こぼ》れ出た。

「そこまで言うのは、五郎松さんを気に入ってるということだよ。それで、何を迷うんだい」

「だって」

小さく口にすると、登世はそっと唇を尖《とが》らせて、下を向いた。

六平太は、酒の肴《さかな》の塩昆布を小皿に取る。

そして、自分の盃に酒を注ぎ、ゆっくりと口に運ぶ。

「今、船とすれ違いましたから、波に揺れますよ」

外から船頭の声がした。

「おう。分かったよ」

返事をした途端、屋根船が軽く上下に揺れ、六平太は慌てて徳利と盃を持ち上げた。

その揺れもほんの少しの間のことで、六平太は浮かせていた徳利と盃をお盆に置いた。

「わたしが婿養子を取ったら、秋月様の足が『飛騨屋』から遠ざかるのではと、それが」

登世が、窺うように顔を上げた。

「残念ですが、そうなりますね。というか、遠のかざるを得ますまい」

六平太は笑みを浮かべて、そう言い切った。

「わたしは、それがとっても、いや」

唇を噛むと、登世はまた顔を伏せた。

「登世さん、考えてもごらんよ。これまでは、男手は山左衛門さん一人だったから、おれが雇われて付添いを務めていたんだよ。その『飛驒屋』にちゃんとした婿が入るのなら、今まで通り近づくことは憚《はばか》られますよ」

「なぜ」

登世が顔を上げた。

「男手のない家のお人に付添うというおれの役目は、もうなくなるってことなんだよ」

「おっ母さんの付添いも？」

「その役割は、『飛驒屋』の婿になったお人が裁量すればいいことだね」

六平太は努めて淡々と言い聞かせた。

以前、火消しの音吉の後添えになることを思い悩んでいた妹の佐和に、兄のことは気にしないよう言い聞かせたことがあったことを、六平太はふと思い出していた。

「船はどこまで行くのかね」

六平太が尋ねると、

「大川橋の辺りで引き返してとは言ってありますけど」

登世からそんな答えが来た。

体を回した六平太は、障子を開けて外に眼を遣り、「駒形堂を過ぎたあたりか」と独り言を口にすると、

「ここまで来たら、聖天町《しょうでんちょう》の妹の所に寄りたいんで、竹屋ノ渡に着けてもらいたいんだがね」

登世は頷くと、

「船頭さん、この先の竹屋ノ渡に着けてくださいな」

簾の外に声を掛けた。

船頭からはすぐに、

「へぇい」

と、声が返ってきた。

「そうすると、秋月様はもう、うちには一切顔を出してはくださらないの？」

「いいえ。何か旨いものが手に入ったと声が掛かれば、何が何でも伺いますよ」

六平太が陽気な声を出すと、登世の顔に笑みが広がった。

「『飛騨屋』さんには立派な付添い人が腰を落ち着けるんだから、おれのように当て

にならない付添いは、この先はもう、不要だよ」

「五年以上も、お世話になったのに」

「ありがたかったよ」

六平太は正直な思いを口にすると、

「だが、長かった。やっと、肩の荷が下ろせる」

とも口にした。

「うちの付添いをやめるのが、嬉しいの？」

「ほっとしてるんだよ。五郎松という男に後を託せられそうで、安堵してるんだ」

六平太が思いを述べると、登世はうんうんと何度も頷いた。

そして、

「最後に」

そう呟いて腰を上げると、六平太の後ろに回って座り、両手を首に回した登世が、自分の頬を背中に押し付けてきた。

「こんなことを、もう一度、してみたかったの。ずっと」

背中からの登世の声を聞いた六平太は、されるがままにしている。

「五年くらい前、初めて付添いをしてくれたのが、亀戸《かめいど》の天神様だったわ。わたしが、太鼓橋で滑って足をくじいたら、天神様の裏の船着き場まで、こうやって、おんぶして運んでくれた。でも、おんぶしてくれたのは、その一度きりだった」

「この先、登世さんをおんぶするのは、五郎松さんの役目だ」

六平太の声に、登世が背中で小さく頷いたのが、感じられた。

「竹屋ノ渡です」

船頭の声がして間もなく、軽い音を立てて、舷が岸辺に当たった。

登世が背中から離れると、六平太は刀と菅笠を摑んで腰を上げた。

「佐和さんに、よろしくね」

「あぁ」

頷いた六平太が障子に手を掛けると、そこに登世の手が載った。

「長いこと、すっかりお世話になってしまって。ありがとう」

「こっちこそだ」

「楽しかった」

「そう言ってくれて、ありがたいよ」

六平太が載っていた手を軽くトントンと叩くと、登世は重ねていた手を離した。

簾を上げて舷に出ると草履を履き、六平太は岸辺に上がった。

振り向いた六平太の眼に、屋根船の簾がゆっくりと下りるのが映った。

「参ります」

誰にともなく声を掛けた船頭が、岸辺に着けた棹を押して、船の舳先を川の中ほどへと向けた。

六平太は菅笠を被ると、その場に佇《たたず》んだ。

黄昏《たそがれ》の迫る大川を、屋根船が下って行く。

その船が小さくなったところで、六平太は踵を返した。

大川の西岸の道を岡山之宿町に差し掛かると、聖天町へと向かいかけた六平太が、ふと足を止めた。

「佐和さんに、よろしくね」

そんな登世の言付を伝えたら、屋根船で浅草まで来た事情を佐和に話さなければならなくなる。

となると、五郎松との因縁やら登世の付添いをやめることにした経緯まで話は及ぶことになる。

それが、どうも面倒に思えた。

佐和の家に寄るのは、別の日にしよう——六平太は腹の中で呟くと、川下へと足を向けた。

歩く六平太の左手の川面は、西日をきらきらと跳ね返している。

ほどなく七つという頃おいだろう。

大川には何艘もの似たような屋根船が行き交い、どれが登世の乗った船か判然としない。

もう、とっくに大川橋を潜って、見えないところへ行ってしまったのかもしれない。

小学館文庫
好評既刊

付添い屋・六平太
龍の巻 留め女

金子成人

ISBN978-4-09-406057-7

時は江戸・文政年間。秋月六平太は、信州十河藩の供番（駕籠を守るボディガード）を勤めていたが、十年前、藩の権力抗争に巻き込まれ、お役御免となり浪人となった。いまは裕福な商家の子女の芝居見物や行楽の付添い屋をして糊口をしのぐ日々だ。血のつながらない妹・佐和は、六平太の再仕官を夢見て、浅草元鳥越の自宅を守りながら、裁縫仕事で家計を支えている。相惚れで髪結いのおりきが住む音羽と元鳥越を行き来する六平太だが、付添い先で出会う武家の横暴や女を食い物にする悪党は許さない。立身流兵法が一閃、江戸の悪を斬る。時代劇の超大物脚本家、小説デビュー！

小学館文庫
好評既刊

脱藩さむらい

金子成人

ISBN978-4-09-406555-8

香坂又十郎は、石見国、浜岡藩城下に妻の万寿栄と暮らしている。奉行所の町廻り同心頭であり、斬首刑の執行も行っていた。浜岡藩は、海に恵まれた土地である。漁師の勘吉と釣りに出かけた又十郎は、外海の岩場で脇腹に刺し傷のある水主の死体を見つける。浜で検分を行っていると、組目付頭の滝井伝七郎が突然現れ、死体を持ち去ってしまった。義弟の兵藤数馬によると、死んだ水主の正体は公儀の密偵だという。後日、城内に呼ばれた又十郎は、謀反を企んで出奔した藩士を討ち取るよう命じられる。その藩士の名は兵藤数馬であった。大河時代小説シリーズ第1弾！

小学館文庫
好評既刊

かぎ縄おりん

金子成人

ISBN978-4-09-407033-0

日本橋堀留『駕籠清』の娘おりんは、婿をとり店を継ぐよう祖母お粂にせっつかれている。だが目明かしに憧れるおりんにその気はなく揉め事に真っ先に駆けつける始末だ。ある日起きた立て籠り事件。父で目明かしの嘉平治たちに隠れ、賊が潜む蔵に迫ったおりんは得意のかぎ縄で男を捕らえた。しかし嘉平治は娘の勝手な行動に激怒。思わずおりんは本心を白状する。かつて嘉平治は何者かに襲われ、今も足に古傷を抱える。悔しがる父を見て自分も捕物に携わり敵を見つけると決意したのだ。おりんは念願の十手持ちになれるのか。時代劇の名手が贈る痛快捕物帳、開幕！

小学館文庫
好評既刊

てらこや青義堂 師匠、走る

今村翔吾

ISBN978-4-09-407182-5

明和七年、泰平の江戸日本橋で寺子屋の師匠をつとめる坂入十蔵は、かつては凄腕と怖れられた公儀隠密だった。貧しい御家人の息子・鉄之助、浪費癖のある呉服屋の息子・吉太郎、兵法ばかり学びたがる武家の娘・千織など、個性豊かな筆子に寄りそう十蔵の元に、将軍暗殺を企図する忍びの一団・宵闇が公儀隠密をも狙っているとの報せが届く。翌年、伊勢へお蔭参りに向かう筆子らに同道していた十蔵は、離縁していた妻・睦月の身にも宵闇の手が及ぶと知って妻の里へ走った。夫婦の愛、師弟の絆、手に汗握る結末——今村翔吾の原点ともいえる青春時代小説。

小学館文庫
好評既刊

勘定侍 柳生真剣勝負〈一〉
召喚

上田秀人

ISBN978-4-09-406743-9

大坂一と言われる唐物問屋淡海屋《おうみ》の孫・一夜は、突然現れた柳生家の者に御家を救えと、無理やり召し出された。ことは、惣目付《そうめつけ》の柳生宗矩《むねのり》が老中・堀田加賀守《かがのかみ》より伝えられた、四千石の加増にはじまる。本禄と合わせて一万石、晴れて大名となった柳生家。が、大名を監察する惣目付が大名になっては都合が悪い。案の定、宗矩は役目を解かれ、監察される側に立たされてしまう。惣目付時代に買った恨みから、難癖をつけられぬよう宗矩が考えた秘策が一夜だったのだ。しかしなぜ召し出すのが商人なのか？　廻国中の柳生十兵衛も呼び戻されて。風雲急を告げる第１弾！

八丁堀強妻物語

岡本さとる

ISBN978-4-09-407119-1

日本橋にある将軍家御用達の扇店〝善喜堂《ぜんきどう》〟の娘である千秋は、方々の大店から「是非うちの嫁に……」と声がかかるほどの人気者。ただ、どんな良縁が持ち込まれても、どこか物足りなさを感じ首を縦には振らなかった。そんなある日、千秋は常磐津の師匠の家に向かう道中で、八丁堀同心である芦川柳之助と出会い、その凜々しさに一目惚れをしてしまう。こうして心の底から恋うる相手にようやく出会えたのだったが、千秋には柳之助に絶対に言えない、ある秘密があり——。「取次屋栄三」「居酒屋お夏」の大人気作家が描く、涙あり笑いありの新たな夫婦捕物帳、開幕！

小学館文庫
好評既刊

うちの宿六が十手持ちですみません

神楽坂 淳

ISBN978-4-09-406873-3

江戸柳橋で一番人気の芸者の菊弥は、男まさりで気風《きっぷ》がよい。芸は売っても身は売らないを地でいっている。芸者仲間からの信頼も厚い菊弥だが、ただ一つ欠点が。実はダメ男好きなのだ。恋人で岡っ引きの北斗は、どこからどう見てもダメ男。しかも、自分はデキる男と思い込んでいる。なのに恋心が吹っ切れない。その北斗が「菊弥馴染みの大店が盗賊に狙われている」と知らせに来た。が、事件を解決しているのか、引っかき回しているのか分からない北斗を見て、菊弥はひとり呟くのだった。「世間のみなさま、すみません」——気鋭の人気作家が描く、捕物帖第１弾！

小学館文庫
好評既刊

人情江戸飛脚
月踊り

坂岡 真

ISBN978-4-09-407118-4

どぶ鼠の伝次は余所様《よそさま》の隠し事を探る商売、影聞きで食べている。その伝次、飛脚を商う兎屋の主で、奇妙な髷《まげ》に傾《かぶ》いた着物をまとう粋人の浮世之介にお呼ばれされた。瀟洒《しようしや》な棲家《すみか》狢亭《むじなてい》に上がると、筆と硯《すずり》を扱う老舗大店の隠居・善左衛門がいた。倅の嫁おすまに悪い虫がついたらしく、内々に調べてほしいという。「首尾よく間男と縁を切らせたら、手切れ金の一割、千両なら百両を払う」と約束する隠居に、生唾を飲み込む伝次。ところが、思わぬ流れとなり、邪な渦に呑み込まれ……。風変わりで謎の多い浮世之介とともに弱きを救い、悪に鉄槌《てつつい》を下す、痛快無比の第１弾！

小学館文庫
好評既刊

突きの鬼一

鈴木英治

ISBN978-4-09-406544-2

美濃北山三万石の主百目鬼《どうめき》一郎太の楽しみは月に一度の賭場通いだ。秘密の抜け穴を通り、城下外れの賭場に現れた一郎太が、あろうことか、命を狙われた。頭格は大垣半象、二天一流の遣い手で、国家老・黒岩監物の配下だ。突きの鬼一と異名をとる一郎太は二十人以上を斬り捨てて虎口を脱する。だが、襲撃者の中に城代家老・伊吹勘助の倅で、一郎太が打ち出した年貢半減令に賛同していた進兵衛がいた。俺の策は家臣を苦しめていたのか。忸怩たる思いの一郎太は藩主の座を降りることを即刻決意、実母桜香院が偏愛する弟・重二郎に後事を託して単身、江戸に向かう。

―本書のプロフィール―

本書は、小学館文庫のために書き下ろされた作品です。

小学館文庫

付添《つきそ》い屋《や》・六平太《ろっぺいた》
犬神《いぬがみ》の巻《まき》　髪切《かみき》り女《おんな》

著者　金子成人《かねこなりと》

二〇二三年四月十一日　初版第一刷発行

発行人　石川和男
発行所　株式会社　小学館
〒一〇一-八〇〇一
東京都千代田区一ツ橋二-三-一
電話　編集〇三-三二三〇-五九五九
販売〇三-五二八一-三五五五
印刷所――中央精版印刷株式会社

この文庫の詳しい内容はインターネットで24時間ご覧になれます。
小学館公式ホームページ　https://www.shogakukan.co.jp

ISBN978-4-09-407238-9